江ノ島は猫の島である

猫を眺める青空カフェである

著　嶋見すた

マイナビ出版

目次

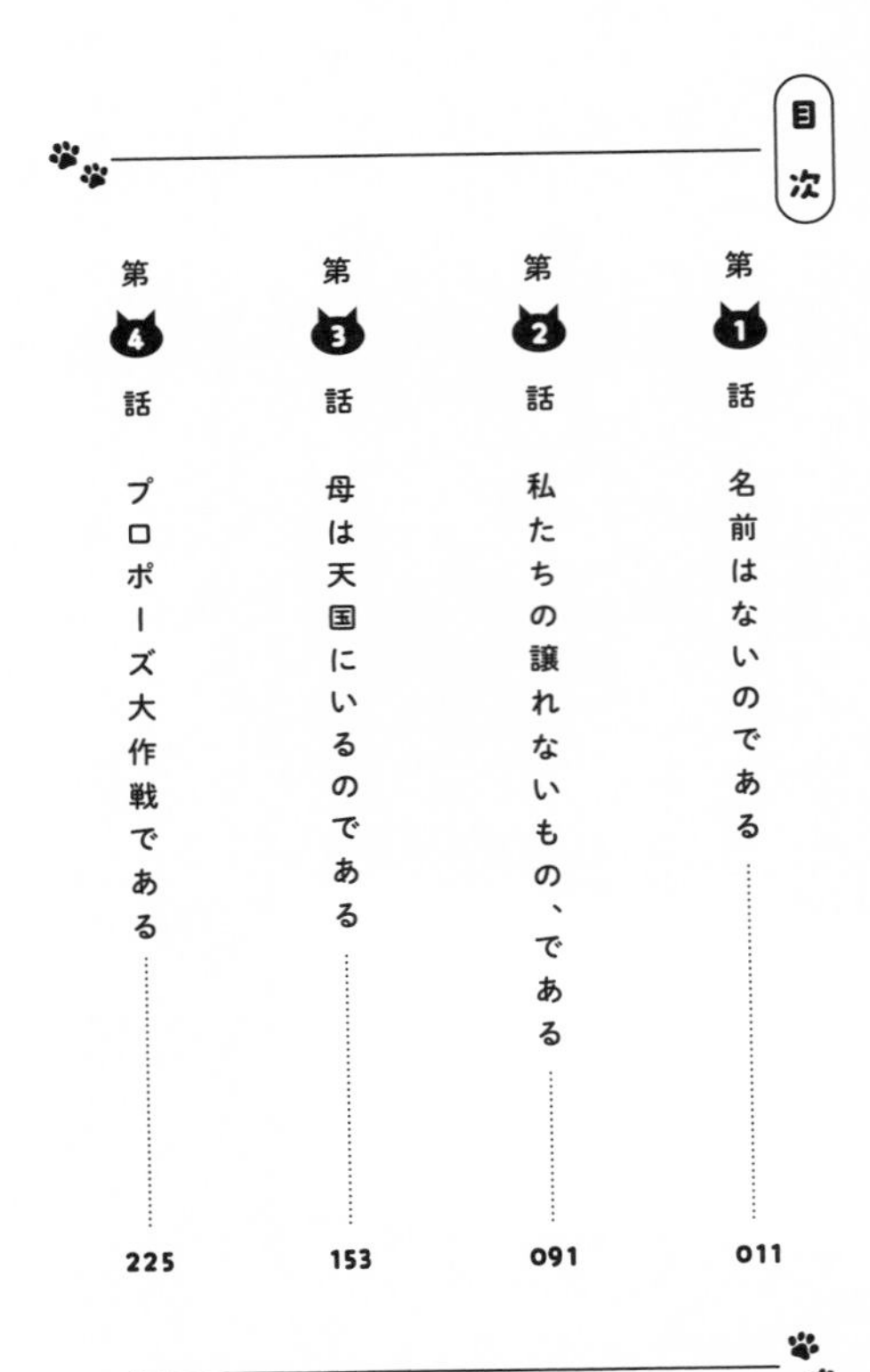

Blue sky cafe
looking at cats

吾輩は猫である。名前はワガハイ。

眉間から腹にかけての毛は白く、耳や背中は黒と薄灰色のトラキジ模様である。

どこで生を受けたのかはとんと覚えていないが、かれこれ十年は江の島に住みついている。もはやこの島が吾輩の故郷であると言えよう。

江の島は神奈川県の藤沢市から地続きの、海に囲まれた陸繋島である。

大きさは東京ドームとやらの八個ぶんで、吾輩の足でも一日かからず回ることができる。風光明媚で古都鎌倉にもほど近い、人が集まる観光地である。

そして江の島は、猫の島である。

景色を望める展望台に、一匹。

参拝客で賑わう神社に、二匹。

釣り人が集う灯台に、三匹。

とかく島のそこかしこに、猫という猫が転がっている。

人が百に対し、多いときでは千の猫がいたはずである。

そうなった歴史を振り返ると、だいぶん長くなるので端折ろう。

要するに江の島は、島全体で猫を保護しているのである。身勝手な輩がぽいと捨てた猫に処置を施し、「地域猫」として人との共生を図っているわけだ。

ゆえに吾輩もまた、野良ではなく地域猫である。

人家で眠り、食事を供され、こたつの中で丸くなるなどしているが、吾輩は決して人に飼われているわけではない。誇り高き地域猫である。


「ワガハイ、ちょっと手が離せない。ツイートしてくれ」

古い日本家屋の台所。

頭上に白い子猫を載せた青年が、ざくざくと漬物を刻んでいた。

青年の名は、綾野小路（あやのこうじ）。

その名前から「綾小路（あやのこうじ）」姓と間違われやすいが、姓が綾野で名が小路である。

初対面の際に「名前の字は『小さい路（みち）』だ」と説明していたので、吾輩は青年をこう呼んでいた。

「それはコミチの仕事であろう。自分でやるがいい」

居間の畳に寝そべったまま、にゃーんと鳴いてやる。

コミチは吾輩の同居人である。向こうからすればこちらが居候（いそうろう）かもしれないが、ともかく我らは互いを飼い主、飼い猫とは思っていない。

「いまの俺がなにを言いたいか、ワガハイならわかるだろう」

コミチは切った漬物を、せっせとプラスチック容器に詰めていた。

次に控える作業は、大根葉を炊きこんだ飯でのおにぎり作りである。

「『猫の手も借りたい』、か」

吾輩はため息をつき、居間のちゃぶ台に飛び乗った。

置いてあったタブレットに肉球で触れ、暗号の数字を入力してやる。

別にコミチに逆らえないわけではない。これは単なる親切である。

「コミチ。『えすえぬえす』を起動したぞ。なんとつづればよいのだ」

「もう入力してあるから、『投稿する』を押すだけでいい」

これかと見当をつけ、画面に触れた。

すると用意されていた文章と、赤く○印がついた地図の画像が表示される。

「できたぞ。最近のコミチは、猫使いが荒いな」

「お互いさまさ。俺が言葉を理解できるからと、猫たちも俺使いが荒い」

そうなのである。黙々と飯を握っているこの男は、ひょんなことから猫の言葉が理解できるのである。

間違えやすいが、「猫の言葉が話せる」ではない。

猫はもともと人間の言葉を解する。人が猫語の理解を怠っているのだ。

「それがコミチの使命であろう。『人の手』たる自分を光栄に思うがいい」

吾輩はかつて人との関係に悩み、コミチに頼ったことがあった。

当時のコミチは職もなく、朝に夕に大根料理を作って食べ、ほかの時間はひたすら己が筋肉を鍛えるだけの、猫も心配する世捨て人だった。

しかし「無職でひまだから」と、吾輩の頼みを聞いてくれたのである。

やがては美しき飼い猫クラベルや、無鉄砲な黒猫ミャイチが抱えた問題までも、それなりに解決したのである。

その過程でコミチの亡き祖父もまた、猫語を解する人間だったと判明した。

猫だらけのこの島では、人と猫をつなぐ役目が必要になる。だから神が気まぐれにひとりを選び、猫語を解する力を与えた。

おそらくはそういうことだろうと、コミチの祖父は日記で考察していた。

人間が猫の手を借りたいと思うように、猫もまた人の手を借りたいことはある。

神に選ばれたコミチのような存在を、吾輩は「人の手」と名づけた。

「光栄とまでは思わないが、俺にできることはするさ。いまの俺があるのも、猫のおかげと言えなくもない」

コミチにはかつて、求婚した相手がいた。

名を稲村風咲（いなむらかざき）という。

生い立ちの異なるコミチと稲村嬢は、互いに互いを誤解し、価値観の相違を受け入れられず、求婚を機に袂（たもと）をわかつことになった。

しかしふたりとも、どこかでそれを悔いていたのであろう。

コミチは人と猫の交わりを取り持つうちに、過去の自分を省（かえり）みるようになった。

稲村嬢もまた、ひとりの時間に自身の失敗と向きあった。

かくしてふたりは再会し、お互いのあやまちを受け入れた。

まあ焼けぼっくいに火をつけたのは吾輩であるが、ふたりは再び同じ道を歩むようになったのである。

しかしそうなると、コミチも無職のままではいられない。

そこで吾輩は、こう提案した。

「コミチの周囲には猫が集まる。島の観光客は猫に集まる。ならばコミチが飲食店でも始めれば、三方よしとなるではないか」

するとコミチはなにを思ったか、中古の自転車を購入した。

そうして当世の流行だという、飲食店の出前を始めたのである。

無職から一足飛びに経営は無謀。そう考えたのであろう。

失敗を経験した人間は、かくも深謀遠慮(しんぼうえんりょ)である。

かくして労働の勘を取り戻したコミチは、日曜大工でリヤカーをこしらえた。

自宅を改装するのではなく、これを自転車で引いて商いするという。

店の名前は、「移動カフェ　ＥＮＧＡＷＡ」である。

吾輩とコミチが初めて出会った家の縁側のように、猫と人間がくつろげる空間を提供したいらしい。

ちなみに命名は稲村嬢である。観光客を相手に営業をするなら、「いんばうんど」にも目を向ける必要があるとのことだ。吾輩にはよくわからぬ。

とまれコミチは再び、社会の荒波へと自転車で漕ぎだした。

いささか心許ないが、吾輩はその挑戦を応援するつもりである。

しかしながら、昨今の世は「不寛容社会」でもある。

出る杭は打ち、言葉尻をつつき、一度失敗すれば未来永劫それを許さない。

ゆえに人は失敗を恐れ、他人の失敗に厳しくなる。

悲しいかな、現代はそんな悪循環の直中(ただなか)である。

「最初に主人公に共感できなければ、映画の内容が頭に入ってこない。そういう人間が増えたのは、たぶん時代のせいだろうな」

コミチが言わんとすることは、猫にもわからんでもない。

しかし「失敗は成功の母」という言葉もある。

余人（よじん）は「罪を憎んで人を憎まず」とも言った。

己の失敗を認め、相手の失敗を許さなければ、人は成長できまい——。

などとつづるとクラベルあたりに、「またおじいちゃんがお説教してる」と言われるのでやめておこう。吾輩はおじいちゃんではないのである。

閑話休題。

ともかくコミチは時代に即し、足場をたしかめながらゆっくりと進んでいる。

逆に言えば足下ばかりを見て、その道がどこに続いているのかを見据えていない。

この先コミチは、人生の糧（かて）となる挫折を経験できるだろうか。

人と交わる猫の悩みを聞きながら、自身も悩むことができるだろうか。

これはそんな青年をかたわらで見守る、吾輩という猫の物語である。

いや、違う。いまのなし。

これはそんな青年が、移動カフェを始めてから終えるまでの物語である。

とかく失敗には寛容であられたい。

名前はないのである
Enoshima is an island of cats

背の高い草に鼻先をくすぐられ、くちんと、くしゃみが出ました。

「ひどいよね。これじゃあ、まともに歩けないと思わない？」

ぼくは前足で顔をこすりつつ、目の前の光景に辟易（へきえき）とします。

視界はすべて緑で覆われて、青臭さにむせ返りそうでした。人間だったら気にもしない膝下の雑草も、ぼくにとっては行く手を阻（はば）むジャングルです。

「それでもまあ、がんばって家には帰るよ」

ぼくは覚悟を決めて、草の中に分け入りました。

さっそく体のあちこちが、ちくちくとします。地面に転がりたい誘惑に駆られましたが、そんなことをしていたら日が暮れてしまうでしょう。

我慢をしつつジャングルを進んでいくと、いくらか開けた場所に出ました。

アスファルトの道を見つけて、ぼくは少しだけほっとします。

なんで「少しだけ」かというと、ぼくは自分の足でアスファルトを歩くのが初めてだからです。

けれど雑草の中を歩くよりは、ましに違いありません。

「でも念のため、そーっと……」

おそるおそるに肉球で触ってみると、地面はかなり温かいようでした。

とはいえ、歩けないというほどではありません。

ぼくは足を下ろして、二歩、三歩と進んでみました。問題なさそうです。

さあ家に帰ろう。そう思って歩き始めたのですが、ぼくはすぐに足を止めました。

「ねえ、ここはどこなの？」

つぶやいて、辺りを見回します。

この場所には、見慣れたビルや信号機がありません。

じゃあ上はと、鼻先を空に向けました。

「うわ……」

思わず息を呑んでしまうほど、真っ青な空が広がっています。

いつもケージの中から見上げていた空は、こんなに大きくはなかったはずです。

「それに、この匂い。『海』というのが、近くにあるんじゃないかな」

さっきから風が運んでくるのは、海苔(のり)に似た香りでした。

遠くでは、ざぱん、ざぱんと、水の音も聞こえています。

テレビで見たあの大きな水たまりが、たぶん近くにあるのでしょう。

総合的に考えて、ここはぼくが暮らしていた場所からはかなり遠いようです。

「あのハチワレ、見ない顔だな。新入りか」

ふっと、猫の声が聞こえました。

ハチワレというのは、たぶんぼくのことです。ぼくの体色は白と灰色で、頭の部分に漢数字の「八」みたいな模様が入っています。

「ここでのルール、教えてあげたほうがいいかもね」

そんな声も聞こえたので、ぼくは思わず振り返ります。

少し離れた家の軒下に、凶悪な顔つきの牛柄がいました。牛柄さんは隣にいるチョコレートポイントのシャム猫さんと、小声でささやきあっています。

噂に聞く、野良というやつかもしれません。きっとゴミ箱を漁ったり、魚屋さんからアジをくすねたりするのでしょう。関わらないほうが賢明です。

ぼくは二匹から視線をそらしました。

すると家の屋根や塀の上にも、背中を丸めた同族の姿があることに気づきます。

みんながみんな、様子をうかがうようにぼくを見ていました。

「ひっ」

野良の多さに戦慄したぼくは、逃げるようにアスファルトを進みました。

途中でちらほら二本足の姿を見かけましたが、四本足はその倍以上います。

「すごいね。まるで猫の国にきたみたいだ。そう思わない？」

いつもそうしているように声に出すと、予想外の返事がありました。

「言い得て妙であるな。ここは江の島。人よりも猫が多い島である」

隣を見ると、黒と薄灰色のキジトラ模様が並んで歩いています。

「島、ですか」

社会性があるようなので、ぼくはキジトラさんに聞き返してみました。

「うむ。周囲四キロの小さな島である。歴史を紐解けば、参拝の地として名高い。しかし現代では、観光地と言ったほうが通りがいいだろう」

「観光地」

「左様(さよう)。同時に地域猫の島でもある」

「地域猫」

耳馴染みのない言葉を、ぼくはそのままくり返します。

「地域猫を知らぬか。簡単に言えば、個人でなく島全体で飼われている猫である」

キジトラさんはいやな顔をせず、むしろうれしそうに答えてくれました。

「えっと、地域猫は野良とは違うんですか」

「よい質問である。あそこにいる牛柄とシャムは捨て猫だったが、島民とボランティアに保護され、島での暮らしに順応した。野良のよう見えるかもしれぬが、好き勝手に生きているわけではない。あんな風にな」

振り返って見てみると、牛柄さんとシャムさんは用を足していました。

でもその辺の草にではなく、砂が盛り上げられた人工っぽいトイレにきちんと座っています。もしかしたらさっきも、ぼくを野良だと思って「ルール」を親切に教えてくれようとしたのでしょうか。

「エサやりのボランティアもいる。雨風を凌げる寝床もある。若者よ。この吾輩が、島でのルールを教えてやってもよいぞ」

キジトラさんはヒゲを自慢するように、心持ち顔を上げて言いました。

「ご親切にどうも。ですがぼくには、自分の家がありますので」

「ほう、飼い猫か。しかし島では見ない顔である。となると観光で訪れた飼い主と、いつの間にかはぐれたクチであろう」

「たぶん、そうなんでしょうけど」

その辺りのことは、ぼくもまだ把握できていないのです。

「わかるぞ。我らは好奇心旺盛な生き物である。この美しい島へときたら、主人を放って冒険せずにはいられまい」

「そういうわけでも、ないんですけど」

「よしきた。吾輩が主人を捜すのに手を貸してやろう」

　どうもキジトラさんは、お節介な猫みたいです。あるいは口ぶりからご高齢のようなので、話し相手がほしいだけかもしれません。

「いえ、大丈夫ですので。それでは」

　ぼくは断って歩きだしました。「猫の手も借りたい」なんて言葉はありますが、実際に猫の手を借りても役には立ちません。

「なあに、遠慮するな若者。今日はコミチが配達のバイトでひまなのだ」

　ほら、やっぱりかまってほしいだけです。

「すみません。ぼくはおじいさんほど、ひまじゃないので」

「誰がおじいさんだ！　吾輩はそんなに老いてはいない！」

　キジトラさんが尻尾を持ち上げて威嚇（いかく）してきたので、ぼくは「きゃっ！」と叫んで大きく飛びのきました。

「ど、どうしたのだ若者。じゃれただけで、そこまで驚くこともなかろう」

むしろキジトラさんのほうが、ぼくの反応に驚いた顔です。

「すみません。いままであまり、猫と話したことがないので」

「ふむ……そうか。まあ猫は元来、言葉数が少ない。箱入りでは、ほかの猫との接触もなかろう。ならばなおのこと、主人捜しに助けが必要ではないか」

問いかけるように、キジトラさんがじっと見つめてきます。

「む、この音。噂をすればコミチである。今日も元気に労働しておるな」

遠くで自転車を漕いでいる男の人を見て、キジトラさんが言いました。

「あの人が、おじい……あなたの飼い主ですか」

「吾輩としたことが、自己紹介を失念していたな。吾輩は吾輩である」

意味がわからず、ぼくは首をひねります。テレビで見た偉い人間みたいに、同じ意味の言葉をくり返す癖があるのでしょうか。

「あ、いや、つまりだな。ワガハイというのが、吾輩の名前である」

なるほど。さっきくり返した「吾輩」は、二回目が名前だったようです。

さしずめカタカナで、「ワガハイ」といったところでしょう。

「ついでに言うと、コミチは吾輩の飼い主ではないぞ。どちらかと言えば吾輩がコミチの後見人……のようなものである」

自転車で走っている男の人を見ると、ヘルメットをかぶって大きな箱を背負っていました。配達の仕事をしている人が、よくああいうかっこうをしています。

「つまり吾輩は、面倒見のいい猫である。若者も遠慮せず、主人捜しを頼むがいい」

「お気持ちは、ありがたいのですが」

ぼくが断ると、ワガハイさんはさびしそうな顔をしました。

「最近の若者は、ずいぶんかたくなであるな。まあ気が変わったら、いつでも訪ねてくるがいい。辺りの猫に、『ワガハイはどこか』と聞けば教えてくれる」

「わかりました。いろいろありがとうございました」

お世話になることはないでしょうが、一応は頭を下げます。

するとワガハイさんが、なぜか牙を剥きだして怒りました。

「『ありがとうございました』ではないわ！　最近の若者はみんなこうなのか？　慇懃無礼にもほどがあるぞ」

「すみません。無礼でしたか。会話に慣れていないもので」

「それはさっきも聞いた。まあ教えてやろう。相手が名乗ったら、自分も名乗るのが礼儀というものである」

そういうことなら、どうしようもありません。

「すみません。ぼくには名前がないので」

ワガハイさんが固まってしまったので、ぼくは頭を下げてその場を離れました。

しばらくして背後から、「最近の若いもんは」とぼやきが聞こえてきます。

申しわけないとは思いますが、ぼくに名前がないのは事実です。

ぼくの飼い主は、ひとりで暮らしていました。

彼が家の中で話す相手はぼくだけで、ぼくの相手も彼しかいません。

お互いに、ひとりごとを言う習慣もありませんでした。

だから今日ぼくがつぶやいていた言葉は、みんな彼に向けたものです。

「名前を呼ぶ必要がないんだから、名前をつける必要はないよな」

そんな風に言った彼は、合理的な人だと思います。ぼくを呼ぶときは「おーい」でしたし、ぼくの動物病院での登録名は「猫」でした。

それで不便が生じることもなく、ぼくと彼はうまくやっていたと思います。

ほんの、昨日までは。

そんなことが起こると夢想だにしていなかったぼくは、彼のベッドでぐうぐう眠りこけていました。

けれど物音に気づいて、はっと目を覚まします。

するとベッドルームに、見知らぬ男の人がいました。

慌ててベッドを見ると、そこにいるはずの彼がいません。

「起きちまったか……」

サングラスをかけて、巨大な——そう言いたくなるほど、ぼくにとって大きな虫取り網を持った男の人は、それを思いきり振り下ろしてきました。

間一髪でかわしましたが、男の人は叫び声を上げながらぼくを追い回します。

やがて部屋の隅に追い詰められ、とうとうぼくは捕まってしまいました。

そしてケージに押しこめられ、気がつくとこの島だったのです。ケージの中でじっとしていると、やがて勝手に扉が開きました。

ワガハイさんには「主人とはぐれたのか」と聞かれましたが、そういう意味ではイエスと言えます。

でもワガハイさんだって、こんなケースは想定していないでしょう。

だったら話しても、どうなるものでもありません。

「でもワガハイさんのおかげで、少し希望が見えたよ」

いつもそうしていたように、ぼくは彼に話しかけて頭の中を整理します。

ぼくは彼の名前も知らないし、住んでいた場所もわかりません。

ただこの島ほど、自然が豊かなところではありませんでした。
サングラスの男が誰で、なぜぼくを島に連れてきたかもわかりません。
猫を誘拐するならまだしも、さらって捨てるなんてあるのでしょうか？
さておき江の島では、ルールさえ守れば食べものも寝床もあるようです。
「まずはここを拠点にして、家を捜すことにするよ」
彼に話すように口にして、ぼくはふと疑問が浮かびました。
――なぜ？
どうしてぼくは、彼を捜そうとしているのでしょうか。
寝食が保証されたいま、「飼い猫だから」は理由になりません。
何者かによって捨てられたぼくは、形の上では自由になったのです。
――でも、ぼくは自由なんて求めていなかった。
ほとんど初めて、ぼくは彼と対話せずに思考していました。
彼がこの場にいないなら、語りかける必要はないのです。
それはなんだか、ひどく悲しいことのような気がしました。
「呼びかける名前がないのは、こうなってみると不便だよ」
届くはずのない言葉を、空へ向かって鳴いてみます。

それからぼくは、見知らぬ土地を自分の足で歩き始めました。

1

白いシャツに袖を通し、ちりめん生地の前掛けを腰に巻く。

「つむじ。ちょっと頭から降りてくれ」

洗面台の鏡を見ながら声をかけると、頭上の子猫がとんと肩に移動した。

髪が邪魔にならないように整えて、前掛けと同じ紺色の三角巾を頭に巻く。

「にー」

つむじが甘えるように鳴き、頭の上に戻ってきた。

「ワガハイ、天気はどうだ」

身支度を終えた俺は居間へ戻り、縁側で寝そべる居候に尋ねる。

「予報通り、快晴であるな。今日も島には多くの観光客が訪れるであろう」

「じゃあ出店のツイートをしておいてくれ」

「猫使いの荒いやつめ」

ワガハイは文句を言いつつも、肉球でタブレットを操作してくれた。

用意したテキストを投稿するくらいなら、猫は造作もなくやってくれる。

「だいぶ手慣れたな。そのぶんだと、そろそろ文章も打てるんじゃないか」

俺の問いかけを、ワガハイは「ふん」と鼻息だけで流した。そのくらいは当然という意味か、はたまた肯定すれば仕事が増えると無視したのか。

「そろそろ行くか」

よっと声を出し、水とフードが入ったクーラーボックスを両肩に担ぐ。

引き戸の玄関を開けて外に出ると、たしかに今日もいい天気だ。

「ガス缶、コーヒーメーカー、折りたたみベンチ……忘れ物はないな」

スマホで持ち物をチェックしながら、リヤカーに荷を積みこんでいく。

「コミチ。挨拶(あいさつ)を忘れておるぞ」

足下でワガハイが抗議してきた。

「忘れてないさ」

俺は玄関を振り返り、自分の家に一礼する。

「じいちゃん、行ってくる」

去年亡くなった祖父は、俺にふたつのものを遺(のこ)してくれた。

ひとつは、この古めかしい日本家屋だ。

会社を辞めて無職だった俺は、家賃を節約するため東京からここへ越してきた。

「では参ろう。さあ漕げ、コミチよ」

ワガハイがにゃあと鳴き、リヤカー後部の猫専用席に飛び乗る。

それを合図に、俺は力をこめて自転車のペダルを漕いだ。

「吾輩はいつも感心するぞ。これだけの重量を、よく動かせるものだな」

「無職の間も、筋トレだけは欠かさなかったからな。もう若くもないが、俺に売れるものがあるとしたら体力だけだ」

おかげでデリバリーのアルバイトでは、思った以上に稼げている。

「客の反応を見る限り、コミチは面相も悪くないようだがな」

「いまは男女を問わず、外見への言及は避ける時代らしいぞ」

「猫には関係ない……おい、コミチ。後方から、ミャイチが追いかけてくるぞ」

ワガハイはきっと、うんざりした顔で言っただろう。

俺は「そうか」とだけ返し、自転車を漕ぎ続ける。

「猫人間！　今日も人間に、泥水を飲ませるのか？」

猛スピードで駆けてきた黒猫が、併走しながら尋ねてきた。

「ミャイチ。俺が売っているのは泥水じゃなくて、コーヒーとほうじ茶だ」

「そうか。長谷のおっさんも、だいぶ元気になってきたぞ。猫人間の泥水を飲みたいって言ってたぞ。よかったか？」

「ああ。だが泥水じゃなくて、コーヒーとほうじ茶だ」

じいちゃんが俺に遺してくれたもうひとつが、この猫と話せる力だ。

俺は「にゃーん」などと、猫語でしゃべっているわけではない。普通に日本語で会話している。ミャイチは少しあやしいが、猫はもともと人の言葉がわかるらしい。

俺が授かったのは、鳴き声の抑揚や、そのときどきの仕草で、なんとなく猫の気持ちを理解する力だ。言語というよりは、手話がわかるのに近いと思う。

それでも猫にとっては驚愕のことらしく、出会った頃のミャイチは俺を「猫人間」と呼んで気味悪がっていた。

いまこんな風に親しげなのは、かつてミャイチの恩人が倒れていたときに、俺が救急車を呼んだことがあったからだ。

「それより猫人間。ミャイチと灯台まで競争しよう」

「ミャイチよ。見てわかる通り、コミチはいまから商いである」

これだから猫はと、ワガハイがあきれている。

「かまわないさ。ミャイチ、準備はいいか」

「いいぞ、猫人間。ミャイチは負けないからな」

黒猫の瞳がきらりと輝いた。

「よし。3……2……1……スタート！」

合図をすると、ミャイチは手品のようにぱっと消えた。

前方を見ると、はるか遠くに黒い点が確認できる。

「どうするのだ、コミチ。本当に灯台まで向かうのか」

背後からのあきれ声に、俺は「いいや」と首を振った。

「ミャイチは歳のわりには幼い猫だ。自分が誰より速く走れると、俺に見てほしかっただけさ」

セミやトカゲを捕った猫は、それを誇らしげに飼い主に見せびらかす。そういうときのあしらいかたは、人間の子どもと大差ない。

「そういえば先日、吾輩はミャイチと真逆の猫に会ったぞ」

「白くて落ち着いた猫か」

自分のことだと思ったのか、頭上でつむじが「にー」と鳴く。

「いや。若いくせに賢しくて、若いくせに覇気がない。どこかの誰かと似ているな」

俺にあてつけているのか、ワガハイはくつくつと笑った。

「昔はそうだったかもしれないが、その誰か、いまはやる気を出したらしいぞ」

などとしゃべっている間に、今日の出店場所に到着した。

俺は自転車を固定し、開店の準備を始める。

ワガハイはコンクリートの地面に両手をつき、尻を突きだした。

「今日は漁港跡地での営業か。コミチの自転車喫茶は、島中に店を構えているようなものだな。地の利を存分に活かせる」

実際はワガハイが言うほど、どこでも好き勝手に営業できるわけじゃない。

移動販売の営業は、出店場所の管轄者から許可を受ける必要がある。公道であれば警察に申請し、私有地であれば土地の所有者と交渉しなければならない。

「大事なのは、どこでやるかじゃないさ」

頭上でつむじが、「にー」と賛同してくれた。

「かっこうつけおって。コミチは猫が集まる場所を狙っておるだろう」

それはある。しかし「場所」や「時期」、「商品」に「価格」など、なにが一番重要なのかは、俺自身もまだ見極めている段階だった。

「席の場所は、この辺りがよさそうだな」

コンクリートの堤防に、折りたたみベンチをふたつ設置する。

次いでリヤカーを展開してカウンターにすると、コーヒーメーカーをバッテリーにつないだ。

そうこうする間に、店の周囲に「なんだなんだ」と猫たちが集ってくる。

見知った顔もいるが、半分以上は初めて会う猫だ。ここに住んでそれなりの時間が経過したが、江の島はとにかく猫が多い。

「コミチ。クロケットがきたようだぞ」

二匹の雌猫にはさまれて、毛艶のいい茶虎がゆっくり歩いてくる。

「助かるな。クロケットがいる日は、売り上げがいい」

俺にはピンとこないが、このコロッケ柄の茶虎は猫社会では美男子らしい。

クロケットがいると猫が集まりやすく、猫が集まれば人も寄ってくる。

「コミチ、残念な報せ（しら）である。モチもきた」

やれやれと、ワガハイが鼻を鳴らした。

俺の頭上のつむじを、そのまま大きくしたような白猫が堤防を走ってくる。

モチの名前をつけた人間は、「餅」を連想したのかもしれない。

しかしモチは猫たちから、〝やきもち焼きのモチ〟と呼ばれていた。

「ダーに近づかないで！」

大きく飛んで着地したモチが、尻尾を立てて威嚇する。

クロケットを取り巻いていた猫たちが、蜘蛛(くも)の子を散らすように逃げていった。

「始まるぞ、コミチ。耳をふさいでおけ」

ワガハイが堤防にうずくまり、ぱたんと耳を伏せる。

「なんなの！　今日は灯台でひなたぼっこするはずだったでしょ！　デートをすっぽかした埋めあわせをしてくれるんじゃなかったの？　ダーはいっつも雌のおしりばかり追いかけて、どうしてモチチだけで満足できないの？　見てよ、この体。昨日もダーのために一晩中毛づくろいしたのに。爪だって。ほら！　ちゃんと見てよ！」

モチとクロケットは夫婦というわけではない。

しかしモチは独占欲が強く、嫉妬深く、ひとつ言えば二十は返ってくる。おかげでほかの雌たちは、モチが現れたらうんざりと退散するのみだ。

「助けてよ、つむじの飼い主」

クロケットが甘えるように、俺の足に体をこすりつけてきた。

「俺の助言は、『またひっかき傷が増える前にデートに行け』、だな」

「さすが、コミッチーはわかってるぅ。ほら、ダー。いまからデートね」

モチはにっこり微笑むと、涙目のクロケットを引きずっていった。

「うーむ。招き猫の筆頭が去ってしまったな。今日は場所も辺鄙であるし、閑古鳥に鳴かれるかもしれぬ」

俺に飲食店の開業を勧めたのはワガハイだ。その責任を感じているのか、ときに俺よりも店の業績を気にしている。

「そのうちミャイチも戻ってくる。頭数は十分さ」

俺は看板つきの黒板メニューを設置して、周囲の景色を見た。

初秋の陽射しはあたたかく、海を穏やかに輝かせている。

堤防の上では、子猫が蟹とたわむれていた。

今日ものどかな一日になりそうだ――そんな言葉を口にしかけたとき、早くも最初のお客さんがやってきた。

「おおっと。もしかして、一番乗り？」

派手なスーツを着た金髪の女性が、胸元に猫を抱いて近づいてくる。

「お久しぶりです、シチリさん。初来店ですね」

「ずっときたかったんだけど、仕事が忙しくって。今日はこっちで用事があって、たまたまＳＮＳを見たら開店ツイートが流れてきたの」

シチリさんは若く見えるが、ビジネスをいくつも立ち上げている敏腕社長だ。

以前に猫を通じて知りあって以来、俺は親しくしてもらっている。

ちなみに「シチリ」という名は、イタリア人の祖母につけてもらったらしい。

「会えてうれしいです。クラベルも、元気そうだな」

俺はシチリさんが抱いている猫に挨拶した。

ロシアンブルーのクラベルは、一時期だが我が家に居候していたことがある。

「ええ、元気よ。半年引きこもりだった人が、どこまでやれるか見にきたわ」

緑の瞳をゆっくりと細め、クラベルが涼やかに言う。

「クラベルのお嬢さんは、相変わらず辛辣であるな」

ワガハイは肩をすくめるような口ぶりだが、尻尾は再会の喜びに揺れていた。

「『移動カフェ　ＥＮＧＡＷＡ』……縁側みたいに、くつろげるお店ってコンセプトよね。でもコーヒー一杯六百円は、ちょっと強気すぎない？」

シチリさんが黒板メニューを見ながら、経営者視点で分析を始める。

「コンセプト的に、回転率が上げられないので。代わりと言ってはなんですが、猫のカリカリは無料にしています。猫カフェよりはリーズナブルですよ」

猫を集めて、人を集める。ワガハイが出したアイデアを形にしたらこうなった。

まだまだ改善の余地はあるが、いまのところ経営状態は悪くない。

「なるほど。コーヒー以外のメニューは？」

シチリさんの目つきが鋭くなる。

「飲み物は、ほうじ茶もあります。フードは日によって違いますが、今日は江の島名物の『しらすカレーパン』と『たこせんべい』。それに自家製のゆず大根、たくあん、菜飯のおにぎりです」

デリバリーのバイトで信用を得たことで、いくつかの店から商品を卸してもらえるようになった。とはいえ、それで利益を出そうとはしていない。

「本命は大根メニューのほうね。本格的に店舗で営業を始める前に、移動カフェでもろもろリサーチしてる感じ？」

「さすがは名うての社長である」

ワガハイが舌を巻いているが、俺も素直に頭（こうべ）を垂れた。

「ひょいひょい失敗できるほど、俺は若くないので」

飲食の世界では、出店して一年以内におよそ半数が撤退する。十年も営業を続けられる店は一割もない。

その理由は、「味」で勝負するからだ。

飲食店に求められるのは、味のよさだけではない。

立地や価格、居心地のよさにサービスなどを含め、総合的によしと評価された店だけが生き残る。

貯金もさほど残っていない俺は、いきなり賭けには出られない。

少ない投資で飲食店経営の現実を知るには、移動カフェが最適だった。

「つまりコミチくんは、このお店を片手間でやってるってことね」

言ったのはシチリさんではなく、その胸元のクラベルだ。

「そんなことはないぞ。コミチはいつも、全力でペダルを漕いでおる」

「おじいちゃんには聞いてないわ」

反論したワガハイに、クラベルはにべもない。

俺も片手間のつもりはないが、たしかにすべてを擲(なげう)っているわけでもなかった。

そういう意味ではクラベルの指摘も正しいが、それは精神論だろう。

「シチリさん。ご注文は、なににしますか」

クラベルには悪いが、いま大事なのは目の前のお客さんだ。

「んー。おなか空いてるし、コーヒーと大根料理を全部」

シチリさんが、にやりと笑う。

「太っ腹であるな。祝い金か、はたまた小手調べか」

ワガハイが言うと、クラベルもシチリさんと同じ顔でにやりと笑った。

「かしこまりました」

俺は一礼し、キャンプ用の小型ガスバーナーで湯を沸かす。

その間に電動ミルで豆を挽き、ドリッパーをセットして粉を計量した。

沸騰した湯を細口のケトルで、ゆっくりとフィルターに注いでいく。

「おー、手慣れてる。コミチくん、もともとコーヒー好きなんだっけ？」

「人並みだったので、カフェ開業者講座で習ってきました」

移動カフェの主役は猫で、売りたいのは自家製料理だ。

しかし店の背骨と言えるのは、間違いなくコーヒーだろう。これこそ片手間にできないので、それなりの時間とコストをかけた。

「お待たせしました。『ＥＮＧＡＷＡセット』です」

俺はベンチの座面に、コースターと紙ナプキンを置いた。

リヤカーの積載量には制限があるため、店ではテーブルを用意していない。お客さんにはベンチに腰かけてもらい、商品は座面の端に置かせてもらっている。

「まずは、コーヒー」

シチリさんが紙のカップに口をつけ、ゆっくりとコーヒーを飲んだ。

「うん、おいしい。香りがいいわ」

表情から、それがお世辞でないことはわかった。

俺が習ったバリスタは、コーヒーについてこう語っている。

「バリスタの力で、コーヒーをおいしくすることはできません。コーヒーのうまさを決めるのは豆と焙煎です。ですがコーヒーを、まずく入れることはできます」

失敗さえしなければ、誰でもうまいコーヒーを入れられる。バリスタの言葉はある種のリップサービスだろうが、理屈は俺の性（しょう）にあった。

「じゃあ、メインのおにぎりを」

さすがにいくらか緊張し、シチリさんが食べる様子を見守る。

「おいしい！　これ、大根の葉っぱ？」

ほっと、安堵の息が漏れた。

「はい。地元の農家と交渉して、いい大根を安く仕入れさせてもらってます」

「ああ、そっか。この辺りって、『鎌倉野菜』で有名だもんね。しゃきしゃきした茎の歯ごたえもいいし、じゃこの塩気も相性抜群。見た目で想像した以上に、味に深みがあるかも」

鎌倉周辺で採れた野菜は、「鎌倉野菜」としてブランド化している。

品質にこだわった野菜には独特のうまみがあり、俺は無職期間にひたすら大根を食べ続けたが、まったく飽きることがなかった。

「大根は食感と色味のバランスが難しくて、いまも試行錯誤です」

菜飯はシンプルな料理だが奥が深い。

香りを出す葉、食感を担う茎、それぞれベストのゆで時間は異なるし、飯に混ぜこむタイミングも日によって変わる。

「たしかに瑞々(みずみず)しい緑色。こっちのお漬物も、コミチくんが漬けてるの？」

「はい。たくあん用の干し大根は、農家とは別のところで仕入れてます」

「こだわってるねえ。うん。おばあちゃんの味って感じ」

シチリさんの表情からすると、満足してもらえたようだ。

「そう言ってもらえると、報われます」

浅漬けのゆず大根は、早い段階で満足する味になっている。

しかしたくあんのほうは、一朝一夕にはいかなかった。酸味が強すぎたり水分が抜けきらなかったりで、まともに作るだけでも難しい。

はっきり言って割にあわないが、俺はたくあん作りを楽しんでいた。自分がうまいたくあんを食べたいというのが大きい。

「おにぎりひとつと、お漬物で七百円。コーヒーが六百円かあ。ちょっと高いけど、これを考えたら私には安いかも」

あちこちにいる猫を眺め、シチリさんが顔をにやけさせた。

「猫集会の真ん中でお茶を飲めるなんて、猫好きの夢みたいなお店だよね。コミチくん優秀。いまからでも、うちで働かない？」

「優秀なのは俺じゃなくて、ブレーンですよ」

「うむ。吾輩である」

にゃあと鳴いたワガハイを、シチリさんがかわいいなあと撫でる。

「ブレーンねえ」

シチリさんの足下で、クラベルが小さく鳴いた。

「店名のアルファベット表記とか、和風カフェの店員っぽいユニフォームとかは、おじいちゃんじゃなくて、コミチくんの彼女の入れ知恵でしょ」

「た、たしかに稲村嬢の考えもあるが、吾輩だって……誰がおじいちゃんだ！」

見透かされたワガハイが牙を剝くも、クラベルは涼しい顔だ。

実際、稲村の貢献は大きい。

なにしろ最初の頃の俺は、作務衣姿で頭にタオルを巻いて店に立っている。

職人らしくていいと思ったのだが、「ラーメン屋さんならかっこいいね」と、稲村から遠回しにダメ出しをされた。

「コミチ。噂をすればなんとやらだ」

ワガハイが、くいっとあごで方向を示す。

漁港跡につながる坂道を、スーツ姿の稲村が下ってきた。

「あ……えっと、ごめん、綾野くん。きちゃった」

なぜか稲村は、申しわけなさそうにしている。

「謝ることはないが、会社はいいのか。今日は平日だぞ」

純粋に心配して言ったところ、なぜかシチリさんが怒った。

「わざわざ彼女がきてくれたのに、コミチくんひどくない？」

「同感ね。猫の気持ちがわかるくせに、女心はわからないみたい」

クラベルまでも、冷たく言い放つ。

「すみません」

よくわからぬままに詫びると、「私に謝ってどうするの」とまた怒られた。

「ごめんね、風咲ちゃん。私たち、もう帰るから。コミチくんは反省ね」

「コミチくん。ちゃんとフォローしておきなさいよ」

それぞれがお叱りの言葉を残し、シチリさんとクラベルは素早く去っていった。

「わたし、悪いことしちゃったかな……」

稲村は、ばつが悪そうにしている。

「シチリさんは忙しい人だし、もともと長居するつもりはなかったさ」

「でも綾野くんと楽しそうに話してたし……あっ、違うの。これはやきもちとかじゃなくて、その……ごめん。彼女みたいなこと言って」

「いや彼女だが」

「それは……うん。ごめん」

気落ちしたように、稲村はうつむいている。

「まったく。せっかく元の鞘に戻ったのに、なにをぎくしゃくしておるのだ」

「にー」

ワガハイの小言に、俺の頭上でつむじも同意した。

俺と稲村はかつて三年交際していたが、一度距離を取っている。

別れようとは言わなかったが、もうだめだとは思っていた。

それがこうして復縁できたのは、江の島と猫たちのおかげだ。

とはいえ、いきなりすべてが元通りになったりはしない。

一度失敗しているせいか、俺たちはお互いにあらためて距離感を探っている。同僚から恋人に変わりたかったあの頃よりも、いまの俺たちは奥手だった。

「コーヒー、飲むか」

「あ、うん。でも……」

稲村の目が、二席しかないベンチに向く。

「オープンしたばかりで、お客さんはまだこない。気を遣わなくていい」

「それだったら、私がお客さんの呼びこみしようか？」

「気持ちはうれしいが、仕事中にわざわざこっちまできてくれたんだ。コーヒーを飲んで海でも見て、少しゆっくりしてほしい」

コーヒーを紙のカップに注ぎ、あたためた牛乳とガムシロップを加える。

積載量とコストの問題があるため、カフェオレはまだ店のメニューにない。それでもいくらか牛乳を用意してあるのは、子連れ客と稲村のためだ。

かつては俺も稲村と同じ会社で、同じ営業職として働いていた。その仕事がどれほどハードかは、誰よりもよくわかっている。

「甘くて、あったかくて、おいしい。ありがとう、綾野くん」

ようやく稲村が、自然な笑顔を見せた。

「最近、仕事はどうだ」

俺の問いかけに、稲村は「えっ」と戸惑った。

「クラベルやシチリ嬢がここにいたら、コミチは間違いなく引っかかれておるぞ」

ワガハイにあきれられたが、正直なにが悪いのかわからない。

「あ！　綾野くん、新しいお客さんがきたよ」

ごまかすように言った稲村の視線の先には、人ではなく猫がいた。

白地に灰色の覆面をかぶったような、もっともよく見るハチワレ模様だ。

施術ずみの地域猫と違い耳に印がないので、捨てられたばかりの新入りだろう。

「おお、名なしの権兵衛(ごんべえ)ではないか」

ワガハイが立ち上がり、ピンと耳を立てた。

「どうも、ワガハイさん。その節は、すみませんでした」

こちらにやってきたハチワレが、礼儀正しく会釈する。

「知りあいか、ワガハイ」

「うむ。朝に話した、コミチに似た猫だ――いや待てよ。あれから二日、三日はたっておるぞ。あのとき権兵衛は、はぐれた主人を捜すと言っていたが……」

どうもこの名なしのハチワレは、主人に捨てられたらしい。

猫の遺棄は動物愛護法違反で罰せられるが、知らない飼い主は多かった。

「それで困って、ワガハイさんを訪ねてきたんです」

「ようやく頼る気になったか。コミチは猫の言葉を理解する『人の手』ゆえ、権兵衛の力になってやれるぞ」

勝手に請け負うなと言いたいが、稲村の前で猫とこみいった話はできない。

「猫の言葉を理解する」

ハチワレの黄土色の目が、値踏みするように俺を見上げる。

「綾野くん。前掛け、貸してくれるかな」

稲村が、にこにこと微笑みながら聞いてきた。

「どうしたんだ、急に」

「綾野くんは、その猫を面接したいんでしょ？　ＥＮＧＡＷＡにとって、猫はお客さんを呼んでくれるアルバイトだもんね。その間は、私が店番しておきます」

任せてとばかりに、稲村が胸を張る。

「おお、それは助かる」

答えたのは、もちろん俺ではなくワガハイだ。

「心配しないで。実はわたしも、コーヒーの入れかた講座を受けたから」

なぜと聞き返す前に、横槍が入った。

「ええと、コミチさん。ぼくの声が、聞こえますか」

俺はハチワレの目を見てうなずき、すぐに稲村に向き直った。

「稲村。気持ちはうれしいが、俺のために無理をしないでくれ」

仕事が忙しいはずなのに、稲村はしょっちゅう島にきてくれる。そのうえ店番をするために講座を受けたなんて、俺のために時間を使いすぎだ。

これは適切な距離とは言えない。健全とは言えない。

しかしそれをどう伝えるか、俺は集中して考えられない。なぜなら――。

「ワガハイさん。いまのって、コミチさんは本当にぼくの声が聞こえたんですか。女の人と話してるだけじゃないんですか」

「聞こえておるが、しばし待て。猫と話せるということは、人間にとっておおっぴらにはしにくいことなのだ」

「そうなんですか。頭に猫を載せてるだけで、相当目立つと思いますけど」

「にわかには信じられぬだろうが、人間にはつむじの姿が見えぬのだ。あれは猫の姿をした神の使いである」

俺の脳には、いつもこんな風に猫たちの声が入りこんでくる。

意識的にシャットダウンもできないので、思考はしばしば中断させられた。

「綾野くん、私ね」

俺が集中する前に、稲村が言葉を続ける。

「無理なんて、ぜんぜんしてないよ」

稲村はとびきりの笑顔だったが、俺にはその意味がまるでわからない。

2

神に指名された人物が、動物たちの便宜(べんぎ)を図(はか)る存在になる。

そういう民話は、日本全国津々浦々(つつうらうら)にあった。

キツネやタヌキの使い走りか、山そのものの保護を任されるパターンが大半で、報酬としては金銭やそれに近いものを与えられたようだ。

俺のじいちゃんも、日記によればそんな風だったらしい。

島の猫と話し、ときに食事を与え、冬は布団に入れてやるなどしている。

とはいえ、報酬を得ていたという記述はない。

おそらく猫も多くを望まず、じいちゃんもそうだったのだろう。

そして猫の意見を聞く役目は、孫の俺に引き継がれた。

現在の俺は猫による集客という形で、少なくない恩恵を受けている。だからじいちゃんよりも猫に対して手を貸す義務がある、と思っている。

とはいえ、今回のケースでは役立てそうもなかった。

「主人の名前も、住所もわからない。そうなるとさすがに厳しいな」

店を設置した堤防から離れ、俺たちは日当たりのいい岩場に移動している。

「名前がわからないんじゃなくて、呼ぶ必要がなかったんです」

ハチワレが反論する。飼い主は独特の感性を持っていて、飼い猫に名前をつけなかったそうだ。ハチワレ自身も、飼い主の思想の影響を受けているように感じる。

「ほかになにか、ヒントになりそうなことはないか」

「ぼくをさらって島に置き去りにした男は、サングラスをかけていました。背はコミチさんより少し低いかも」

俺の身長が百八十なので、それ以下となるとあまり参考にならない。

しかし主人以外に捨てられたという点は、問題を解く鍵になりそうだ。

「その男は、主人の家族や親戚じゃないのか」

「わかりません。これまで見たことはないです」

「自分が捨てられた理由に、思い当たる節はあるか？　たとえば主人のベッドに粗相をしたとか、主人が金に困っていたとか」

「ぼくは粗相なんてしません。お金に関してもわかりません」

手応えのなさに、軽くため息をつく。

現状で想像できるストーリーは、なんらかの形で主人が住む場所を追われ、大家ないしは親族がハチワレを捨てた、というところだろうか。

「コミチ。質問の切り口を変えてみてはどうだ」

ワガハイにうなずき、思いつくままハチワレに聞いてみる。

「主人はどんな人物だった」

「コミチさんと同じくらいの歳だと思います」

「仕事はなにをしている。家ではどんな感じだ」

「仕事はわかりません。家にいる時間は少なくて、いるときはよく寝ています」

「趣味、それか好きな食べ物は」

「ぼくとテレビを見ることと、カップラーメンが好きみたいです」

すらすらと返ってはくるが、そこからパーソナリティは読み取れない。ひとり暮らしの男であれば、多くが該当するだろう。

それでも無理やり想像するなら、多忙で質素な食生活という点から、ブラックな労働環境に従事していると考えられそうだ。

もしそれが正しければ、主人を見つけてもハチワレの生活が元に戻らないことは想定すべきだろう。その場合は、「人の手」の差し伸べかたも変わってくる。

「権兵衛よ。島での暮らしはどうだ。不便はないか」

どうやらワガハイも、俺と同じ考えに至ったようだ。

「快適です。みんなよくしてくれますし」

昔は島の猫たちも荒れていたらしいが、いまはみんな温厚だ。エサやりのボランティアもいるし、生活に大きな困難はないだろう。

「であれば重畳。コミチもほれ、なにか言うことはないか」

ワガハイはネタ切れらしく、俺に丸投げしてきた。

「とりあえず現時点で、俺は役立てそうにない。だが島での暮らしで困ることがあったら、いつでも訪ねてきてくれ。相談に乗る」

「わかりました。なにか新しい情報を得たら、また報告にきます」

そういうことではないが、それでもいい。

多くの猫はそんな風にして、いつの間にか島での暮らしに馴染んでいく。

「吾輩たちは店に戻るが、権兵衛もくるか？　カリカリくらいは出すぞ」

ワガハイが声をかけると、ハチワレは素直についてきた。

堤防へ戻ってみると、ベンチに年配の男性が座っている。

「かわいいねえ。猫に触ったのなんて久しぶりだよ」

男性の足下には黒猫がいて、額を撫でられ憮然としていた。

「触られるのを許すなぞ珍しいな、ミャイチ。さては腹が減っているのか」

ワガハイがからかうと、ミャイチの瞳孔がぎゅんと広がった。

「ぜんぜん違う。今日は長谷のおっさんが迎えにくるまで、ミャイチはひまだ。ひまだから、このおっさんの相手をしてやってる」

猫は男や子どもより、女性と老人にすり寄る傾向があった。おそらくは、それまでの扱われかたから学んでいるのだろう。

ミャイチは口調こそつんけんしているが、人間の男を毛嫌いしない。長谷さんとの交流で、「優しいおっさんもいる」と学んだようだ。

そういう意味では、ミャイチもクロケットと同じく貴重な招き猫だろう。

「綾野くん、ちょっと」

店番を替わろうと近づくと、稲村が声をひそめた。

「どうかしたのか」

「なんかね、あやしい人がふたりいるんだけど」

「あやしい人？」

俺はそれとなく、ミャイチを撫でる中年男性を見た。

「お客さんじゃなくて。ひとりはあっちの子」

稲村が俺だけに見える角度で、遠くの草陰に指を向ける。そこで二十歳前後のメガネをかけた女性が、こちらをうかがうように首を伸ばしていた。

「お客さんかと思って声をかけたんだけど、『結構です』って言われたの。そのわりにああやって、ずっとこっちを見てるんだよ」

事情は定かではないが、ひとまず危険な人物の雰囲気はない。

「なるほど。もうひとりは」

「かなり遠くから、双眼鏡でこっちを見てる」

気取られぬよう、目だけを動かしてその人物を探す。

見つけた。

三十メートルほど離れた坂の上、サングラスをかけた男が木陰に身を隠すようにして立っている。

派手な赤シャツに黒のジャケットは、一般人とは言い難い。

「コミチさん、たぶんあの男です。ぼくをこの島へ連れてきたのは」

俺は横目で男を見ていたが、ハチワレの言葉で反射的に顔を動かしてしまった。

「コミチ、男が逃げる！　追うぞ！」

ワガハイが叫ぶ。

俺に気づかれたと悟ったのか、男は踵(きびす)を返して走りだしていた。

「待て、ワガハイ。俺が追うから、ここにいてくれ」

「なにを言うか！　吾輩のほうが速い！」

「相手は身勝手に猫を捨てるやつだ。なにをしてくるかわからない」

「だったらコミチも危険である！」

「知ってるだろ。俺は鍛えてる」

俺は駆けだしたが、男の姿はすでに坂の向こうに消えていた。
三、四十メートル離されているとなると、走って追いつくのは無理かもしれない。
いったん店に戻って自転車で追うべきか――。

「やっぱり、ミャイチのほうが速い」

俺の足下を、黒猫が瞬時に駆け抜けていく。

「待て、ミャイチ！　危険だ！」

注意するも、ミャイチの姿もすでになかった。

競争自慢の俊足猫に、人間風情が追いつけるわけがない。

それでも俺はあきらめず、懸命に坂を駆け上る。

頂点を越えると、ミャイチと男が併走しているのが見えた。

「猫人間！　喉笛を噛み切るか？」

ミャイチが走りながら、こちらを振り返る。

もちろん男には、「にゃあ」としか聞こえなかっただろう。

しかし男はまるで恐怖したように、「ひっ」と飛び上がって尻餅をついた。

「倒れたぞ、猫人間！　喉笛か？」

ミャイチがうれしそうに鳴き、男に飛び乗る。

「喉笛は、やめろ。危険だから、男から、離れろ」

ようやく追いついた俺は、肩で息をしながらミャイチをなだめた。

「ミャイチは平気だ。どいたら喉笛を噛みきれない」

らちが明かないので、俺はサングラスの男に声をかけた。

「すみません。大丈夫ですか」

「大丈夫なわけねぇだろうが！　この猫をどけろ！」

　男はミャイチから顔をそむけ、俺にすごみをきかせてきた。

「あの、つかぬことをおうかがいしますが」

「おうかがいすんじゃねぇ！　ひぃっ！　早く猫をどけろ！」

　ミャイチがぺたんと座ると、男はいよいよ動揺する。

「猫は、おきらいですか」

「きらいじゃねえ！　俺は頭の中にイマジナリー猫を飼ってる！」

「イマジナリー……？」

「猫好きはみんな、空想の中で猫と暮らしてるんだよ。脳内で頬ずりしたり、ボールを投げて遊んだりしてるんだ」

　映画の悪役も猫を愛でるから、外見とのギャップは感じたりしない。

　ただそれが空想であることに、少しばかり違和感を覚えた。

「猫が好きならよかった。ミャイチはいま興奮状態にあるので、どうぞ撫でて落ち着かせてやってください」

　俺がミャイチを抱えて顔に近づけると、男は「ひぃ」と情けない悲鳴を上げる。

「あれ？　やっぱり猫が苦手ですか」

「ち、違う！」

「ではどうぞ」

再びミャイチを突きだしたところ、「コミチさん」と猫に呼ばれた。

足下を見ると、いつの間にかハチワレがいる。

「あなたは、この猫を捨てましたか」

俺は右手でミャイチを抱えたまま、左手でハチワレを指さした。

「し、知らねぇ」

俺は無言で、右手を突きだす。

「捨てた！　捨てました！　頼むから、猫を近づけるな！」

ミャイチが俺の腕の中で、前後にぶらぶらと揺れる。

「善良な市民には、猫を捨てた人間を通報する義務があります。ですがその前に、事情をお聞かせ願えませんか。場合によっては、力になれるかもしれません」

男が押し黙っているので、俺はミャイチを地面に下ろした。

「猫人間、喉笛か？」

ミャイチが目を輝かせた。

「喉笛はだめだ。死なない程度にダメージを与えられるのは……」

俺は男のつま先から、ゆっくり視線を上に動かしていく。

「わ、わかった！　話す！　話すから、その猫を捕まえておけ！」

男はとうとう観念し、地面にあぐらをかいて座った。

俺はミャイチを拾って問う。

「まずはあなたの名前、それからこの猫の飼い主との関係をお聞かせください」

「……和田塚だ。トキオとの関係は……知りあいだ」

「トキオ」

ハチワレが、そのままくり返した。

その後に噛みしめるように、「トキオ……」ともう一度つぶやく。

「和田塚さん。トキオさんとは、どういう知りあいですか」

「知りあいに、どういうもこういうもねぇよ。知ってる仲だ」

なにかをごまかしている気もするが、もともとそういう話しかたにも思える。

「トキオさんは、いまどこにいるんですか」

「……病院だ」

和田塚が言った瞬間、ハチワレの瞳孔がきゅっと収縮する。

「どこの病院ですか。容態は」

「それは……」

和田塚が口ごもった。

「大学病院に入院しているんですか」

俺が付近で一番大きい病院の名前を出すと、和田塚の顔色が変わる。

「猫人間、長谷のおっさんがきた！　今日はおっさんが病院に行く日だ！」

腕の中でミャイチがもがきだした。

振り返ると、坂のふもとで中年男性がこちらに手を振っている。

「おっさんがまたぶっ倒れないように、ミャイチは見張る。下ろせ、猫人間」

そう言われては、引き留めるわけにもいかない。

俺は再びミャイチを地面に下ろし、坂の下の長谷さんに会釈した。

さてと和田塚のほうに向き直ると、地面にその姿がない。

しまったと辺りを見回したが、和田塚の気配はどこにもなかった。

「大丈夫か」

足下を見ると、ハチワレが呆然としている。

「……薄々、そんな気はしていたんです。彼はよく、ふらついていました。単なる疲労だと思ったんですが、違ったんですね……」

「落ち着け。まだなにもわからない」

わかっているのはトキオという名前。そして大学病院にいることだけだ。

「大丈夫。ぼくは落ち着いてます。その上で、コミチさんにお願いがあります」

ハチワレは、まっすぐに俺を見上げた。

「ぼくは、彼に会いたいです。どうか人の手を貸してください」

猫らしからぬ礼儀正しさで、ハチワレが深く頭を下げる。

猫に手を貸すことは、じいちゃんの代からの綾野家の使命だ――などと思っているわけではないが、頼られたらできる限りのことはしたい。

俺が過去に経験した最大の失敗は、稲村に頼ってもらえなかったことだ。

「手伝いはする。ただし、条件がある」

そう聞いても、ハチワレは引かなかった。

「ぼくにできることなら、なんでもします。喉笛だって」

まっすぐに見返してくる瞳に、俺は続けて言う。

「喉笛はいい。自分に名前をつけてくれ」

「え」

想定していなかったらしく、ハチワレはぽかんと口を開けて固まった。

「名前がないとやりにくい。『権兵衛』は、さすがにいやだろう？」

「それは、まあ……」

「だったら島にいる間だけでいいから、自分の呼び名を決めてくれ」

「そんなこと言われても……」

なにも思い浮かばないらしく、すがるような猫の目が俺を見る。

「言っておくが、俺はネーミングセンスがないぞ」

和風の移動カフェということで、初期の店名はひらがなで「えんがわ」だった。「お寿司じゃないんだから」と、稲村に苦笑されたのを覚えている。

「正太郎(しょうたろう)でどうだ」

「文句は言いません。ぼくには名前がないんですから」

「正太郎」

「礼儀正しいから、正太郎だ」

「正太郎……」

さっき主人の名前をつぶやいたときのように、正太郎は口の中でくり返した。

そのまま見ているると、ふよんと尻尾が大きく動く。

「いいものですね。人に名前をつけてもらうのって」

正太郎の尻尾は、ふよふよと動き続けていた。

3

病院関係者には守秘義務があり、基本的には遵守(じゅんしゅ)されている。

受付でトキオという患者が入院しているか尋ねると、「名字でお願いします」と返された。わからないと答えると、上司らしき人物を呼ばれる。

「個人情報保護の観点から、ご親族さま以外にはお答えできません」

真っ当な対応だ。しかしこちらも簡単には引き下がれない。

「トキオさんの猫を預かっているんです。伝言だけでも頼めないでしょうか」

上司は「個人情報保護」の一点張りで、得体の知れない訪問者を追い返した。

ならば勝手に探すしかないか。いや、リテラシーが高い病院は病室の前に名前を掲示していない。無闇に歩き回れば警察沙汰になる――。

そう考えた結果、俺はやりかたを変えることにした。

「親族であらねば安否もわからぬとは、時代は変わったのう……せまい」

俺が漕ぐ自転車の後部で、ワガハイが嘆きつつぼやく。

「正太郎はともかく、俺は完全に赤の他人だからしかたないさ」

「すみません。ぼくが名前を知らないせいで」

答えた正太郎は、ワガハイの横に行儀よく座っているはずだ。せまくても文句を言わない辺り、どこまでも真面目な猫だと思う。

「それがトキオさんと正太郎の当たり前なら、気に病むことはない。とりあえず病院の前に出店して、情報を集めよう」

病院の正面玄関から道路を渡った向かいに、一軒のバーがあった。

カレーがうまいと評判の店で、俺はデリバリーのバイトで二回ほどピックアップにきている。オーナーが俺を覚えていたので、ダメもとで出店許可を頼んでみた。

すると「事業を始める若者を応援したい」と、営業時間外の昼に出店させてもらえることになった。オーナー自身も若い頃に苦労したらしい。

「よし、開店準備だ」

俺は自転車をバーの前に止め、ベンチやコンロのセッティングを始める。

「やはり島と違って、辺りに地域猫はいないな。今回の招き猫は我らだけか」

ワガハイがふむと、正太郎を見据えた。

「ワガハイさん。ぼくは、なにをすればいいですか」

「人間は、猫の腹から目をそらせぬ生き物である」

「猫の腹」

「うむ。そこでこんな風に、魅惑のぼでーを見せつけてやるがよい」

ワガハイがレンガの地面に寝そべり、空を飛ぶように前後の足を伸ばした。

「そういえばトキオも、ぼくのおなかによく顔を押しつけていました」

「そういった『猫吸い』行為は、初対面でやられることはまずない。しかし腹を撫でてもよいと言われれば、遠慮なくまさぐるのが人である」

ここまで的確に分析されていることを、人類は知らないだろう。

「まずぼくたちがおなかを見せて、人を集める。そうしてコミチさんが、お客さんからトキオの情報を集めるわけですね」

メモでも読み上げるかのように、正太郎が情報を整理した。

「トキオさんの所在を尋ねるというより、正太郎の話を伝えるつもりだ」

だまし討ちで守秘義務を破らせるより、真摯な態度こそが人を動かす。

甘いと言われるかもしれないが、これが俺とワガハイの共通見解だ。

「方法はコミチさんにお任せします。ぼくは指示に従います」

いままで俺が出会った猫の中で、正太郎はもっとも猫らしくない。奔放さもなく、気まぐれでもなく、生真面目な人間のような印象だ。

それゆえに、飼い主との別れがどう影響するかわからない。

トキオさんは病院にいて、関係者の和田塚が正太郎を捨てている。大病を患ったからもう家には戻れない――そう考えるのが自然だろう。

「コミチ、少しいいか」

開店準備を進めていた俺に、ワガハイが声をかけてきた。

正太郎は少し離れた場所で、手足を伸ばして腹見せの練習している。

「コミチが自転車で移動屋台を始めたのは、無鉄砲に店を構えて失敗をしたくないからであろう。それは過去の経験からの判断か」

その通りだったので、「ああ」と返した。

俺は過去に、いくつもの失敗をしている。

一番の失敗は、稲村が苦しんでいた時期にそばにいなかったことだ。

稲村は上司との関係に悩み、されど家庭の事情で仕事を辞められなかった。それを相談されなかった俺は、「頼られなかった」と子どものようにすねて退職している。

冷静に見られるが、いざというときに感情で行動してしまうのが俺だ。

今回はたまたま取り返しがついて復縁できたが、次もそうなるとは限らない。

失敗を避ける唯一の方法は、挑戦しないことだ。

常に危険を予測し、リスクを避け、こつこつと勝率を高めていく。シチリさんのように大きく成功はできないし、完全に失敗を回避できるわけでもない。

それでも、致命傷を負うことは避けられる。

そういう結論に至った俺は、猫たちの「手」として適任ではないだろう。

現に俺は正太郎のために、保身を考えた上での行動しかできない。

だから従順な正太郎を見ると、胸がちくりと痛んだ。

「ひとつ言っておく。コミチは我らのために、自分を犠牲にする必要はない。できる範囲でいいのだ」

ワガハイは諭(さと)すように、ぽんと俺の膝に手を置いた。

「すべての猫を救おうなど、夢にも思うな。コミチが我が身を削ろうとも、できる範囲で行動しようとも、結果はさして変わらぬ」

ワガハイは俺の表情から、心の内を読み取ったのだろう。

頭では理解していることだが、言葉にしてもらうと少し楽になった。

「相変わらずお節介で、説教くさいじいさんだ」

「誰がおじいちゃんだ！」

尻尾を立てて威嚇してきたワガハイの喉を、「ありがとな」と撫でてやる。いままでこのお節介に、どれだけ救われてきたかわからない。

「コミチ、いいから看板を出せ。正(しょう)の字(じ)、腹を見せつけてやれ」

「はい！」

二匹の猫がレンガ敷きの地面に転がり、飛ぶような姿勢で手足を伸ばした。

病院前の通りを歩く人々が、くすくす笑って通りすぎていく。

バーの前に店を出してから、三日が経過した。

商売としては順調だったが、トキオさんの情報は得られていない。看護師の客もそれなりにいたが、正太郎の飼い主に該当しそうな患者は誰も知らなかった。

「本当に、トキオ氏はここに入院しているのか」

レンガ敷きの地面に座ったワガハイが、じっとりとした目で向かいの病院を見る。

「和田塚にミスリードされた可能性はある。だが見ての通り大きな病院だ。すべての患者を把握している医師や看護師はいないさ」

「では黒メガネ自身はどうだ。きゃつはあれから島に姿を現していない」

俺たちが病院前に出店している間の島の様子は、猫たちから聞いていた。和田塚のようなサングラスの男は誰も見かけていない。

正太郎を捨てた和田塚は、どうして再び島を訪れたのか。

そしてなぜ、いまは島に現れていないのか。

ふたつの事実から考えられるのは、和田塚が正太郎を監視している可能性だ。

理由に見当はつかないが、ひとまずＥＮＧＡＷＡは毎日ＳＮＳで出店場所の告知をしている。いまもどこかから正太郎を見ていてもおかしくない。

「コミチ。折よくミャイチが戻ってきたぞ」

病院前の通りを右から左に、黒い塊が猛スピードで通りすぎた。

しばらくして、左側から黒い塊が勢いよく戻ってくる。

「猫人間。店を出すなら道路の真ん中にしろ。ミャイチは気づかず通りすぎた」

ミャイチは露骨に不服な顔だった。

「無茶を言うな。それで、和田塚らしき人間はいたのか」

もしも正太郎を監視しているなら、和田塚はさほど遠くない場所にいる。

そう考えて天敵であるミャイチに、周辺の捜索を頼んでいた。

「いなかった。でもいる。ミャイチにはわかる」

たとえば和田塚が建物の上にいた場合、猫には見つけられないだろう。しかし匂いは感じ取っている。犬ばかりが話題になるが、猫の嗅覚も人の万倍だ。

「わかった。とりあえず休んでくれ」

ミャイチ用の猫皿に、水を注いで与えた。

「正太郎もいまのうち休憩してくれ。この時間は人通りも少ない」

「いえ、ぼくは大丈夫です」

正太郎はこちらに背を向け、じっと向かいの病院を見つめている。

「吾輩は昔、コミチに言ったことがあるな。『猫にできるのは、黙って人の話を聞いてやるくらいである』と」

ワガハイは俺に話しているが、聞かせたい相手は正太郎だろう。

俺は自分用にコーヒーを入れつつ、相づちだけ打った。

「猫がわからぬと思って、人は実にいろいろなことを話す。その多くは愚痴だが、たまには夢もある。どちらにせよ、我々は返す言葉を持たない。つまり猫は、そこにいてもいなくてもよいのだ」

聞いてはいるのだろうが、正太郎の反応はない。

しばらくの間、ミャイチが水を舐める音だけが響く。

「ぼくは物心ついたときから、トキオの部屋にいました」

ミャイチが横になった頃、ふいに正太郎が口を開いた。

「トキオはいろんな話をしてくれましたが、ぼくは聞き流していました。わかろうともしていません。会話は好きですが、内容には興味がなかったんです」

「それでよいのだ。我らは猫だからな」

ワガハイが言葉少なに肯定する。

「トキオもたぶん同じです。ぼくに興味がないから、捨てたんだと思います」

正太郎は病院のほうを向いたまま、右手を上げて顔をこすった。

「そう思っているのは正の字であって、飼い主ではないだろう。そもそも正の字を捨てたのも、トキオ氏ではない」

「でもワガハイさんは言ったじゃないですか。猫はいてもいなくてもいいと」

「それは事実だ。しかし飼い主はみなそう思っていない」

「矛盾(むじゅん)しています」

正太郎が振り返る。

「人間は矛盾した生き物である。正しいのはいつも猫だ」

「意味がわかりません」

「猫はいてもいなくてもいい存在である。しかし飼い主には必要なのだ。役に立つどころか足手まといでも、猫はかわいいからな」

ワガハイが言う「かわいい」は、愛玩という意味ではない。恋人や家族を愛おしいと思う気持ちと同じだが、猫はいつまでも「かわいい」と言いやすいだけだ。

「ぼくは無償の愛を受けるに値しません。かわいくないから名前もつけられなかったんです。ぼくはその程度の存在です」

「猫のくせに難しいことを考えるやつめ」

ワガハイは地面で前足をつっぱり、尻を上げてのびをした。

そうしてゆっくり間を置いてから、優しげな声で鳴く。

「正の字。飼い主の死と向きあうのが怖いか」

正太郎の瞳が、きゅっと小さくなった。

「飼い主が死ねば、正の字は地域猫となるだろう。江の島で暮らしていくことは、そう難しいことではない。正の字もそれを恐れてはいまい」

考える時間を与えるように、ワガハイはまた間を置いてから続ける。

「正の字がおびえているのは、自分の一部が欠けてしまうからである」

「自分の、一部……」

正太郎が口の中でつぶやく。

「誰かの存在が自分の一部になっていると、意識することは難しい。それは失って初めてわかるものだからな。それまで飼い主のことは、部屋の家具と同じくらいに思っておけ。猫とはそういう薄情な生き物であるし、人間も似たようなものだ」

ワガハイが、ちらと視線を向けてきた。

俺に対しても、「肩入れしすぎるな」と言いたいのだろう。

「今日はもう終わりにしよう。俺が戻るまで、みんな昼寝でもしていてくれ」

「コミチ、どこへ行く」

前掛けと三角巾をはずすと、ワガハイが呼び止めてきた。

「もう一度、病院の担当者にかけあってみる。それでだめなら、この周辺にビラでも撒こう。『迷い飼い主を捜しています』と」

うまくすれば、ネットでそこそこ話題になるだろう。

「待て、コミチ。いまはそういうことをすると、社会からたたかれるのだろう？　ENGAWAはどうなる」

「考えるのは失ってからでいい。そう言ったのはワガハイだろ」

「いや、吾輩はそういう意味で言ったわけでは……」

ごにょごにょと口ごもるワガハイを置いて、俺は店の前の通りへ出た。

「おっと」

誰かとぶつかりそうになり、とっさに身をかわす。

すみませんと振り返ると、ふたりの男が見えた。

俺がぶつかりそうになったのは、白衣を着た知らない男だ。

しかしその隣には、見覚えのある顔がある。

「和田塚、さんか……?」

「コミチ！　ここで会ったが百年目であるぞ！」

ワガハイが尻尾を逆立て、威嚇の声を上げたときだった。

「うおおお、猫！　なんでここにいるんだ！　そんなに俺が好きなのか！」

白衣を着た男が正太郎に飛びつき、その腹に顔をうずめた。

4

コーヒーは冷めるとまずくなる、というのはよく知られた錯覚だ。

温度の上下でコーヒーの品質は変化しない。変化するのは人の味覚だ。

人は高温では苦みを感じにくい。だから熱いコーヒーをうまく、すなわち苦くないと感じ、冷めたコーヒーを苦い、すなわちまずく感じる。

「いや本当に、兄貴が迷惑をかけてすみませんでした。あとうまいコーヒーですね。おかわりください」

折りたたみベンチにまたがって座る白衣の男——和田塚時生さんは、俺が入れたコーヒーを一瞬で飲み干して頭を下げた。

「こうなった事情を、うかがってもいいですか」

俺は湯を沸かし、豆を挽いてから問いかける。

現状わかっているのは、この白衣を着た人物が正太郎の飼い主であり、俺たちに和田塚と名乗ったサングラスは、その兄ということだ。

「もちろんもちろん。僕はあの病院で内科医をしているんですがね。ここのところ人手不足で忙しくて、帰る時間もないものだから、兄貴に猫の面倒を見てもらうことにしたんです。兄貴はこう見えて、無類の猫好きなんで」

ミャイチを恐れていた様子を思いだしつつ、俺は和田塚兄を見た。

「なんだよ。俺が猫好きなのは事実だ。ただちょっと、近寄りたくないだけだ」

和田塚兄が、サングラスの向こうからにらみつけてくる。

「昔の兄貴はね、ケガをした子猫を助けようとして、親猫に引っかかれたことがあるんですよ。いまも猫好きだから気がつかなかったんですけど、どうもあの日から、猫に触ることが怖くなってたみたいです」

だから和田塚兄は、弟の自宅を訪れたことがなかったそうだ。

「猫好きの猫ぎらいか。難儀な体であるな」

ワガハイが同情するように和田塚兄を見る。

「ではなぜ正太郎――猫を江の島に捨てたんですか」

俺の問いに、和田塚兄が言い訳する。

「それは時生が悪い。こいつは死にそうな顔で『もう猫の世話をできない』と、俺に部屋の鍵を預けたんだ。誰だって、『譲る』って意味だと思うだろ」

「なんでそうなるんだよ！　僕が家族を手放すはずなんてないだろ。死にそうな顔をしていたのは、十二連勤だったからだ！」

「家族……」

正太郎の尻尾が、「S」の字を描くようにふよふよと揺れた。

「ともかくこいつは俺の猫になった。だが俺は猫に触れられない。だから江の島で飼うことにして、いつもニャー助の様子を遠くから見ていたんだ」

「ニャー助」

ワガハイも正太郎も俺も、同時に声に出した。

「なんだ、屋台の兄さん。文句あんのか」

「なんで兄貴が偉そうなんだよ！　綾野さんは、兄貴のせいで多大な迷惑をこうむったんだぞ！　土下座して謝れ！」

時生さんが兄に詰め寄る。

「別にこいつは、なにもしてないだろ。のんきに商売してただけだ」

和田塚兄の意見は、悔しいが的を射ていた。

「たしかに、俺はなにもしてないです。むしろ時生さんが医師ではなく患者だと勘違いしたことで、あなたの猫を不安にさせました」

我ながら情けない。ワガハイも「とほほ」という顔だ。

「そんなことを話して、猫はわかるんですかね」

時生さんが不思議そうに、俺と正太郎の顔を交互に見る。

「時生さんの猫は賢いですし、プライベートなことのほうが興味を持つようです」

相手はこんなことに興味ないだろうと、誰もが誰もに忖度(そんたく)する。

そんな時代になったせいで、猫までも奔放さを失ってしまった。

「自分勝手がよいとは思わぬが、臆して黙するのも考えものであるな」

ワガハイが、ちらと片目を開けて俺を見た。

わかっているなら稲村ともっと話せ、というところだろう。

「でもやっぱり、綾野さんがなにもしていないってことはないですよ。『移動屋台にいる灰色のハチワレが、トキオという飼い主を捜している』。そうやってナースさんが教えてくれなければ、僕は猫と再会できませんでしたし」

その事実を知った時生さんは、すぐに兄に電話をかけた。するとなぜか病院の屋上にいたので、ひっ捕まえて謝罪にこさせた、ということらしかった。

「お役に立てたならよかったです。とりあえず、お兄さんの行動だけは注意させてください。遠くから様子を見ていたとしても、猫を捨てた事実は変わりません」

「すみません。兄貴にはよく言って聞かせます」

時生さんに催促され、和田塚兄は渋々ながらに頭を下げた。

「それからもうひとつ、うかがいたいのですが」

コーヒーのおかわりを手渡すと、時生さんは「なんなりと」と姿勢を正した。

「どうして時生さんは、猫に名前をつけなかったんですか」

時生さんの腕の中で、正太郎の瞳がきゅっと縮まる。

「いや、たいした理由はないんですよ。名前を考えているうちに、こいつとの生活に慣れてしまったというか。名前を呼ばない関係を、気に入ってしまったんです」

「モチがクロケットのことを、『ダー』と呼ぶようなものか」

ワガハイがつまらなそうに、ふんと鼻を鳴らす。

名前を呼ばないという特別な呼びかたこそ、時生さんの愛情だったのだろう。

正太郎もまた、主人を誤解していたということだ。

「コミチさん」

飼い主の腕の中から、正太郎が鳴きかけてくる。

「ぼくは今日、トキオがお医者さんということを初めて知りました。名前を呼ばない関係は居心地がいいですが、失ったときの不安も大きいです」

それを知ったのが正太郎だけというのは、少し不公平かもしれない。

「これからぼくは、トキオのことをもっと知ろうと思います。だからコミチさん。ぼくのことも、トキオに伝えてくれませんか」

いまひとつ役に立てなかった「人の手」だが、ようやく名誉挽回できそうだ。

「だがなんと伝える。吾輩たちも、正の字のことはろくに知らんぞ」

人前で猫と話すのがはばかられる俺に代わり、ワガハイが聞いてくれた。

「ぼくはワガハイさんや、コミチさん。それからENGAWAが好きです。いまのところのぼくらしさは、たぶんそれだけです」

「うむ。コミチ、よろしく伝えよ」

俺は猫たちにこっそりうなずき、こんな風に切りだした。

「和田塚さんの猫は、俺が知る中でもっとも礼儀正しい猫です」

ついこの間まで、ぼくには名前がありませんでした。

それが権兵衛、ニャー助、正太郎と名づけられ、いまはこう呼ばれています。

「遅いぞ、正の字！　お客がきたら、こう！　次いでこうだ！」

ワガハイさんは芝生の上で寝そべったり、コミチさんの足に体をこすりつけたりしていました。今日の出店場所は塀のない民家の庭なので、ぼくたちは気兼ねなくごろごろしています。

「こうですか」

ぼくが見よう見まねで手を伸ばすと、ワガハイさんが吠えます。

「違う！　もっと、のびのびと！」

「すみません。まだ広い場所に慣れていなくて」

ぼくは基本的に部屋から出ない猫で、落ち着くのは箱にすっぽり体を収めているときです。まだ外に出てひと月足らずなので、完全にリラックスはできません。

あれからぼくは、トキオのことをたくさん知りました。

トキオはお医者さんとして優秀らしく、院内で引っ張りだこだそうです。だから頻繁に家を空けるし、食事を作るひまもないようでした。

同じようにぼくのことも、コミチさんがトキオに伝えてくれています。

「賢いけれど臆病で、いたずらもしないしケンカもしない」

「猫より人に慣れている」

「好奇心は備わっているが、まだ対象を観察するにとどまっている」

出会って数日なのに、コミチさんはすっかりぼくを把握していました。

トキオはたいそう喜び、仕事が忙しいときはぼくをＥＮＧＡＷＡであずかってくれるよう、コミチさんに頼んでいます。

そういうわけでぼくは今日、ワガハイさんの研修を受けているのでした。

いわく、「働かざるもの食うべからず！」だそうです。

「正の字はどうも真面目すぎる。もっと猫らしく振る舞ったらどうだ」

「なるほど。具体的には」

「そういうところである！」

ワガハイさんが、くわっと牙を剝きました。

「猫は難しく考えず、もっとうかうかうかせよ」

「うかうか」

ぼくはその場に座り、空を見上げてみました。

この青く広い光景には、いまだに圧倒されてしまいます。どこかに閉じこもりたい衝動に駆られますが、背中に当たる日光は気持ちいいので困ります。

「ふわあ」

ぼくは猫らしくあくびをしながら、ぼんやりしてみました。

すると遠くの坂の上から、サングラスをかけた人がくるのに気づきます。

「よお、綾野。きてやったぞ。コーヒーと握り飯をくれ」

トキオのお兄さんは、あれからずいぶん変わりました。

コミチさんから地域猫たちの現状を聞くと、人の身勝手さに憤り、猫に同情し、なんとボランティアスタッフに志願したのです。

「いらっしゃいませ、和田塚さん。席を移しますね」

コミチさんがベンチを抱えて、猫のいない場所に置き直します。

お兄さんは相変わらず、猫とは一定の距離を保っていました。エサやりの仕事は命がけらしいですが、それでもサングラスの向こうの目は楽しそうです。

「悪いな。上物が入ったから、綾野にもわけてやるよ」

内ポケットから猫に人気のニャンチューブを出すお兄さんを見て、コミチさんはなぜかいやそうな顔をしました。

「コミチ、着信である。稲村嬢がくるぞ」

リヤカーの猫専用席でスマホをいじりながら、ワガハイさんが遠鳴きします。

稲村さんは、コミチさんの彼女です。ぼくも会ったことがありますが、猫に優しい人でした。まあ人間は、だいたい猫に優しいんですけど。

「コミチは稲村嬢に感謝せねばなるまい。最近ふたりで会っておらぬだろう」

ワガハイさんが言うと、コミチさんは少し苦い顔をしました。

「店を始めたばかりなんだ。稲村もわかってくれている」

「言い訳はいらん。吾輩はただ、仕事を抜けてまで顔を出してくれる稲村嬢に、きちんと感謝しろと言っているのだ」

コミチさんは困った顔をしていました。

ぼくにとっては恩人ですから、困っているなら助けてあげたいです。

でもそれは、相棒たるワガハイさんの役目でしょう。

新参者は出しゃばらず、自分に与えられた仕事をこなすのみです。

ぼくはむんと気あいを入れて、店の前に寝そべりました。

目の前の道を、ぽつぽつと観光客が通りすぎていきます。

今日は天気もいいので、若い人たちはみんな飲み物を持っていました。

こういう人たちは、ＥＮＧＡＷＡには座ってくれません。

もうちょっと年配の人がこないかなあと、ぼくは通りを眺めました。

「……あれ？」

違和感を覚えて、ぼくは首をかしげます。

「どうした、正の字。急に尻尾なんぞ振りおって」

ワガハイさんに言われて初めて、自分がそうしていたことを知りました。

「えっと……たいしたことではないんですが、さっきからここを、四往復してる人がいます。女の人です」

メガネをかけて帽子をかぶった、稲村さんよりも少し若い人です。

ぼくと目があうたびに、女の人はメガネの向こうで瞳を潤ませていました。

「見覚えがあるな。たしか稲村に店番を頼んだときにいた、ふたりいた不審者のひとりだ。声をかけたが食事は断ったらしい」

トキオのお兄さんに注文を届けていた、コミチさんが戻ってきました。

「ならば黒メガネと同じ類の、猫好きの猫ぎらいか」

ワガハイさんが、やれやれと後ろ足で耳の裏をかきます。

「でも彼女は、おなかが空いているようです」

人間が空腹時に発する音が、ぼくの耳まで届いていました。

「ふむ。猫好きの猫ぎらいでも、黒メガネのように離れた席で食事はできる。そう考えると妙である」

「妙というか、目に入るから単純に気になるな」

コミチさんは、また困った顔です。

これはもしかして、ぼくの出番ではないでしょうか。

「ちょっと、様子を見てきます」

ぼくは駆けだし、メガネの女の人に近づきました。

「えっ、うちのとこにきてくれたの……？　めっちゃうれしい……感激……」

はわはわ言いながら、女の人がぼくの頭に触れてきます。

トキオのお兄さんと違って、猫好きの猫ぎらいではないようでした。

「コミチさん」

ぼくが振り返って鳴くと、コミチさんが近づいてきてくれます。

「猫がお好きでしたら、座ってコーヒーでもいかがですか。軽食もありますよ」

「あ、いや、うちは……すみません、忙しいので」

コミチさんに声をかけられた女の人は、たじたじと後ずさりします。

「お客さんがなんども店の前を通っているから声をかけろと、この猫が教えてくれたんです。うちでは正太郎と呼んでいます」

コミチさんがぼくを見て、にやりと笑いました。

「たしかにこの子はかわいいんですけど、ひとりで食事はちょっと……」

その言いかたに引っかかったのは、ぼくだけではありませんでした。

「それだったら、わたしとご一緒しませんか」

女の人に声をかけたのは、スーツ姿の稲村さんです。

「綾野くん、わたしコーヒーが飲みたいな。それから菜飯のおにぎりも。あなたはどうします？　ここのおにぎり、すごくおいしいですよ」

稲村さんがにっこり微笑むと、女の人は勢いに乗せられて、「じ、じゃあそれを」と注文しました。

「すごい。あっさり呼びこんだよ」

ぼくは感心して、トキオに話しかけるみたいにつぶやきました。

「うむ。稲村嬢は、交渉で飯を食うエイギョーだからの」

ワガハイさんは、なぜか誇らしげです。

ところでＥＮＧＡＷＡは、基本的に二席しかありません。どうするのかと思っていたら、トキオのお兄さんが席を譲ってくれました。

コミチさんが再びベンチを店の前に置き、ぼくは女の人の足下に陣取ります。

「わたし、稲村風咲です。あなたのお名前は……『極楽猫』さん？」

稲村さんが自己紹介すると、女の人はスマホを見せてきました。

「うち自身は、ご覧の通りにしょぼいんですけどね。んでもこっちのアカでは、フォロワー千四百五十一人なんで」

女の人は照れているような、鼻が高いような、不思議な笑顔です。

意味がわからないのはぼくだけではないようで、ワガハイさんも「通訳せよ」とコミチさんに頼みました。

「ワガハイが世話になった草見先生みたいに、小説家はペンネームを使うだろ」

コミチさんが、ぼくたちだけに聞こえる小声で説明してくれます。

「あんな感じで現代の人間は、スマホの中にもうひとりの自分がいるんだ。どうやら極楽さんは、猫画像で人気のアカウントみたいだな」

ところどころの単語はわかりませんが、なんとなく状況は理解できました。極楽猫さんは、現実よりもスマホの中の自分のほうが好きみたいです。

「あ、この子猫かわいい。極楽さん、フォローさせてもらっちゃお」

稲村さんはスマホを見ながら、へへっとほっぺをゆるませていました。

「いいんですか？　うちにアカバレしちゃいますよ」

「アカウントが知られちゃうってこと？　ぜんぜんいいよ。わたしもときどき、カフェごはんと猫の写真を上げるくらいだし」

またワガハイさんが通訳をせがむ顔で、コミチさんを見上げます。

しかし今度はコミチさんも詳しくないようで、小さく肩をすくめました。

「すごいですね。うちは大学の友だちとか、絶対にアカバレしたくないです。ネットで調子に乗ってるとか笑われるんで」

極楽さんは、引きつったような顔で笑っています。

「え。なんで笑われるの」

「だってうち、見るからに陰キャじゃないですか。フォロワーがこんなにいるとは思えないでしょう」

「別にそんなことないと思うけど」

「……すいません。しれっと盛りました。ほんとは友だちなんていないんです。大学でもいつもぼっちです。SNSとは大違いで」

極楽さんは、また引きつった笑みを浮かべました。

「大学でひとりぼっちだと、なにか困るの」

「困らないんですよ、これが」

楽しそうじゃないのに、極楽さんはずっと笑っています。

「話の内容はさっぱりだが、稲村嬢はさすがであるな。早くも極楽嬢と打ち解けておるぞ。コミチと話すときとはまるで別人だ」

ワガハイさんが言ったのは皮肉らしく、コミチさんがひくりと眉を上げました。

「そりゃあ稲村も、仕事モードとプライベートは違うさ」

「ほう。コミチと話すときは、どっちであろうな」

コミチさんが、いっそう声を落として尋ねます。

「なあ、ワガハイ。俺と稲村は、そこまでぎくしゃくして見えるか」

「うむ。だが安心しろ。そう悪いことではない」

ワガハイさんが意味ありげに笑い、稲村さんのほうを向きました。

「困らないことが困る……って感じなのかな。あ、わかった。ひとりで食事をするのがいやなのも、それが理由？」

なにが「それ」なのかわかりませんが、稲村さんの指摘は正解みたいです。

「ですです。ひとりで授業とかぜんぜん余裕ですけど、ひとりで食事ってなんかみじめというか、笑われそうで」

「極楽さん。大学生ってことは、十八歳以上だよね」

「十九っす」

「じゃあもう大人だ。大人がひとりでごはんを食べるなんて普通だよ」

「そう……なんです？」

「うん。わたしだって毎日ひとりで食べて——あっ、これは別に、綾野くんにあてつけてるわけじゃなくて……」

稲村さんが振り返り、顔の前でぱたぱたと手を振りました。

「……ああ。わかってる。お待たせしました。おにぎりとコーヒーです」

コミチさん、最悪なタイミングでの提供です。

たしかにちょっと、ふたりはぎくしゃくしてますね。

「だ、だから、ね。極楽さんも、気にしすぎじゃないかな。ひとりで食べたってごはんはおいしいし、猫もかわいいよ」

稲村さんがベンチで屈み、ワガハイさんの喉をそろそろと撫でました。

ぼくは自分のやるべきことを理解し、極楽さんの足に体をすり寄せます。

「かわいい……たしかにひとりだからごはんを食べないって、損かもですね。少なくとも、このお店では」

頭の後ろを撫でてもらい、ぼくは気持ちよさに目を細めました。

「ひとつだけ、いいですか」

ここへきて、コミチさんが会話に加わります。

「いまの感じなら大丈夫だと思いますが、『会食恐怖症』という症状もあります。ひとりで食べているところを誰かに見られるのが不安な場合、無理はしないほうがいいかもしれません」

コミチさんが言ったとたん、稲村さんの顔色が変わりました。

同時にその足下で、ワガハイさんが盛大なため息をつきます。

「いやー、それはないっすよ。いまだって、おにぎりおいしいですし」

少食っぽく見えましたが、極楽さんはおにぎりをぺろりと平らげていました。やっぱりおなかが空いていたんですね。

「なんていうか、うちには稲村さんが言った、『大人がひとりでごはんを食べるなんて普通』が、すごく刺さりました。考えてみれば当たり前なんですけど、うちは去年まで給食があったんで」

そこではたぶん、みんなで食べるのが普通だったのでしょう。

猫にはよくわかりませんが、極楽さんは自然な顔で笑っています。

「このお店、またひとりできてもいいですか?」

「それは、もちろん」

極楽さんにうなずいたコミチさんが、ちらりと稲村さんを見ました。

稲村さんも笑顔でしたが、どこか不自然です。

「それじゃあ、ごちそうさまでした。最後に、その子の写真撮ってもいいです?」

極楽さんがぼくを見て、体をくねくねさせました。

預かると写真を撮られることがあると、コミチさんはトキオに伝えています。

「じゃ、撮るよー。こっち見てー」

ぼくは人間が喜ぶ上目づかいで、極楽さんのスマホを見ました。

「かわいい……至福……」

カシャシャシャと連続でぼくを撮影すると、極楽さんは「またくるねー」とさっきまでとは別人のような笑顔で帰っていきました。

「ごめん、綾野くん……わたし病気の可能性なんて、考えもしなかった……」

稲村さんが暗い表情で、足下の芝を見つめています。

「俺もたまたま知っていただけだ。一応、言っておくべきかと思った」

「うん……ありがとう。今日はもう、帰るね」

稲村さんは無理に笑ったような顔をして、お金を置いて帰っていきました。

「コミチよ。貴様はいつから医者になったのだ」

ワガハイさんが、虫を見るような目をコミチさんに向けます。

「俺はただ、可能性の話をしただけだ」

表情は変わりませんが、コミチさんの声に動揺が見られました。

「だとしたら、それこそ極楽嬢がひとりのときに言うべきであろう。失敗を恐れるあまり、貴様はとんでもない阿呆（あほう）をしたぞ」

コミチさんは明らかに、はっとしています。

そんなコミチさんの頭の上で、つむじちゃんがぱしぱし手を動かしていました。なぐさめているのだと思います。

それならばと、ぼくも加勢することにしました。

「あの、たぶんワガハイさんは誤解しています。コミチさんは相手が稲村さんだったからこそ、『失敗』をさせたくなかったんじゃないでしょうか」

ぼくが口をはさんだことに、ワガハイさんもコミチさんも驚いています。

「極楽さんが本当に病気だったなら、稲村さんはひとりでの食事を勧めたことを後悔するでしょう。コミチさんはそれを防ごうとするあまり、タイミングの点で配慮にかけました。相手を慮って(おもんぱか)の行動が裏目に出るのは、コミュニケーションが不足しているからだと思います」

説明を終えてコミチさんの様子をうかがうと、見たことのない表情でした。

「すみません。やっぱり、さしでがましかったですよね……」

「気にするな、正の字。コミチは単に、ぐうの音も出ないだけである」

なぜかワガハイさんは、すごく愉快そうでした。

私たちの譲れないもの、である
Enoshima is an island of cats

恋とか愛とかよくわからない、って人に言いたいことがあるんだよね。

まず恋のきっかけなんて、ささいなこと。

消しゴムを拾ってくれたとか、掃除を真面目にやっていたとか、そういうところから意識しはじめて、ふと授業中に横顔を見たらまつげがすごく長いって気づいたり、隣に立ったら思ったより背が高かったりして、そのときに「きゅん」ってなったら、それが恋の始まりってこと。

修学旅行で一緒の班になるように友だちに協力してもらったり、勇気が出なくてみんなで撮った写真を、ツーショットにトリミングしたりしてね。

そうこうする間にバレンタインの時期になって、いまは男の子にチョコを渡す文化もないらしいけど、それでもあげたくて、待ち伏せして、押しつけて。

そしたら思いがけず「ありがとう」なんて言われて、家に帰ってベッドの上でバタバタして、みたいな感じ、誰だってあるでしょう？

それが、恋。

まあぜんぶテレビのアニメやドラマで見たことだし、モチチは猫だからチョコとかはないけどね。

それでもダーとの馴れ初めは、ちゃんとロマンチックだったりするんだよ。

いまから六年前くらいかな。

モチチは猫だからそういう記憶は曖昧だけど、だいたいそのくらいの時期に島にきたはず。もう目が開くか開かないかくらいで、地域猫を見守る人たちからミルクをもらってたんじゃないかな。

で、幼いモチチちゃんと一緒に育った一匹が、茶虎のクロケット。

そ。ダーとモチチは、人間で言うところの幼馴染みなんだよ。

そう言うと兄妹みたいな関係って思われるかもだけど、少なくともダーのほうは違ってた。だって物心ついてすぐ、モチチを口説きはじめたからね。

ダーはよちよち歩きの頃からナルシスト。ほかの猫よりきれいな顔立ちってことを自覚してて、水たまりに映った自分に見とれるなんて日常茶飯事。

おまけに人からもらった食べ物はモチチにわけてくれたし、一緒に歩くときは車道側を通ってくれるしで、女子への配慮が行き届いてるっていうか、ぜんぜん日本の猫っぽくないっていうか。

でもその頃のモチチは、ダーを幼馴染みとしか思ってなかったの。

だから「きみの瞳にいつまでも映っていたい」とか言われても、「?」って感じだったし、「おばあちゃんになるまで一緒にいよう」って口説かれても、「おばあちゃんになんてならないよ!」って怒ったりしてね。

そんなんだから、ダーもあきらめちゃったんだよ。

別にモチチに冷たくなったりはしなかったけど、ほかの女の子にもちょっかいをかけるようになったの。

そしたらまあ、ダーのモテることモテること。キザな性格を除けば、顔はいいし、優しいしで、いつでも雌猫たちに囲まれるようになって。

それでもモチチは、「ふーん」くらいにしか思ってなかった。

だってその頃のモチチは、恋バナにはまってたから。

あ、もちろん人間のね。猫に優しいおばあちゃんの家に上がって、テレビでいろいろ見せてもらってたの。

そもそも猫って、あんまり片思いとかしないんだよね。気があうと一緒にいるし、一緒にいると気があうようになる、みたいな感じ。

だから人間の恋愛模様は、すごく新鮮で。

どういう話が好みかっていうと、やっぱり最初に言ったみたいな恋の始まり？

胸がきゅんきゅんしちゃうような、甘酸っぱくて切ない話が大好き！

だからモチチ的に、ナンパ猫のダーは対象外——だったんだけど。

あるとき、別の猫から聞いちゃったんだよね。

ダーがたくさんの女の子といちゃいちゃするのは、「『男を磨いて、モチに振り向いてもらうため』って言ってたよ」って。

こんなの、「きゅん」ってならないほうがおかしいでしょ。

そうなったらもう、ほかの女の子といちゃつくダーを見てられなくて。

いらいらしているモチチに、「クロケットの言葉を真に受けるなよ」なんてワガハイは言ってたけど、本当に余計なお世話。

モチチはダーの周りにいる猫を追い払って、いつもそばにいるようにしたの。

急に求愛モードになったモチチに、ダーはちょっとたじろいでた。

それでも「僕が一番好きなのはもちろんモチさ」、って答えてくれたの。

それからは、もうずっといちゃいちゃモード……って、モチチは思ってるけど。

治ってないんだよね。

モチチが相手にしなかった頃に身についた、ダーの浮気ぐせ。

もちろん、モチチが本命だってわかってるけど。
うちらは猫だから、どこまでが浮気かって線引きも曖昧なんだよね。
こういう悩み、人間にもあるでしょう？
でも誰かに相談すると、「そんな男とは別れろ」って返されるでしょう？
ほんと、わかってなさすぎ。
モチチはね、ダーのことが大好きなの！
モチチをきゅんとさせてくれた猫は、後にも先にもダーしかいないの！
男の子は星の数ほどいる？
うちのダーリンを、星なんかと一緒にしないで！

と、いうわけで。
モチチは今日も、ENGAWAにきています。
ENGAWAっていうのは、人間のコミッチーがやってる移動カフェ。
今日はお花畑が見える丘の上で、ぽかぽかしながら営業中。
店長のコミッチーは、猫の言葉が話せるんだよ。
モチチは知らないけど、コミッチーのおじいさんもそういう人だったんだって。

江の島には昔から、猫が借りられる「人の手」がいたらしいよ。だからモチチがＥＮＧＡＷＡにきたのは、コミッチーに恋愛相談するため……じゃあないんだよね。

「うちにはまだきたことないけど、ときどきくるんだって。『占い師のうそを暴いてみた』みたいな、動画を撮りにくる配信者」

折りたたみベンチでため息をついた女の子は、占い師をやってる鵠沼サティ。本名は鵠沼早知子で、年齢はコミッチーよりひとつ上の三十歳。モチチは「さっちゃん」って呼んでる。

「それは困りますね」

コミッチーは落ち着いた喫茶店のマスターみたいに、言葉数が少ない。

まあ占いを信じてないからだろうけど、対応としては悪くないかな。

「ほんとにね。占い師は詐欺師じゃなくて、あくまでカウンセラーなんだよ。『あなたに似た悩みを持った人は、こういう選択をしてこういう結果になりました』って、歴史と統計から助言するだけ」

さっちゃんが、はあっと大きなため息をついた。

「じゃあアドバイスを否定する選択もありなんですか」

「そう！　店長さん、相談者の才能があるよ」

なんだか変な会話だよね。コミッチーとさっちゃんは、センスみたいなものが似てる気がするよ。

「どういうことだ？　鵠沼女史は、占い師ではないということか？　モチには意味がわかるか？」

コミッチーの足下で、ワガハイが首を傾げてる。

「さっちゃんは占い師だけど、世間がイメージするようなスピリチュアルっぽい占いを信じてないってこと」

「占い師が占いを信じていない……？」

モチチが説明してあげたのに、ワガハイは「解せん」という顔のまま。

まあおじいちゃんだしね。この間も「最近は『女史』って言葉は使わないで、○○さんって言うんだよ」って教えてあげたのに、「これは吾輩の敬意である」って聞く耳持たなかったし。

「まあ配信者でなくても、カップルの彼氏とかに横柄な態度を取られることは多いんだよね。だからこのお店には感謝してる。私の癒やし」

さっちゃんはぐるりと周りの猫を見て、幸せそうな顔になってる。

「鵠沼女史はＥＮＧＡＷＡのオープン初日から、すっかり常連であるな。これもモチのおかげか」

「まあモチチはかわいいからね」

というのは、モチチの強がりです。

初めてお店にきた日、さっちゃんはたくさんの猫の中からモチチを選んでカリカリをくれたけど、それは「占い師が黒猫と仲よくしていたら、あまりにもイメージ通りだから」っていう、逆張りの理由なんだよね。モチチは真っ白だから。

しかもＥＮＧＡＷＡには、モチチよりもかわいい白猫がいるんだよ。さっちゃんにあの子が見えてたら、間違いなくあっちを選んだはず——。

なんて妬みをこめて見ると、コミッチーの頭の上のつむじと目があった。

ぷいっと無視された。

この子はコミッチーにしか興味を示さないし、なぜか人間からは姿が見えないんだって。モチチにとっては、ラッキーだったよ。

「女史も相当な猫好きであるが、モチも女史を気に入っているようだな」

ワガハイがあくびをしながら、むにゃむにゃと言った。

「そりゃあね。さっちゃんのそばにいると、恋バナをたくさん聞けるから」

さっちゃんが占い師だってわかって、モチチは興味本位であとをつけたんだよ。そしたら島の仲見世通りにあるお店で、週に三回占いをしてるってわかって。

それからは、さっちゃんの足下で女の子たちの悩みを聞くのがモチチの楽しみになったんだよね。友だち同士でひやかしにくるお客さんも多いけど、思わず応援したくなるくらい真剣に悩んでる子もいるから。

「ところで店長さん。なにか悩みごとがあるんじゃない？　人間関係で」

さっちゃんが軽い調子で問いかけると、コーヒーのおかわりを作っていたコミッチーが一瞬ぴたって止まった。

「さすが占い師である。ずばり言い当てたようだ」

ワガハイはうむうむうなずいてるけど、それは誰でもわかる話。だってコミッチーと彼女さん、ケンカはしないけど仲よくも見えないもん。

「わかってないね、おじいちゃん。占い師だって、ただの人間だよ」

本当に人間関係で悩んでいるのは、さっちゃんのほうだしね。

でも占い師という職業柄、なかなか人に相談できないんだよ。

「人間関係で悩まない人間なんていませんよ」

コミッチーはまだ喫茶店のマスターモードで、答えに当たり障りがない。

「そうよねえ……みんな悩むのよねえ……」

あーあ。さっちゃん、占い師なのにしみじみしちゃって。

「人間は、もっとも自分の悩みを解決するのが下手な生き物である」

またワガハイが、知った風な顔ででうむうむ言ってる。

「おじいちゃんは、悩みとかないの？」

「昔はあったが、いまはない。先生の親族が墓参りをせぬことに憤(いきどお)っておったが、なんだかんだでコミチが解決してくれたからな」

詳しいことは覚えてないけど、前にダーからそんな話を聞いたかも。

「そういえばおじいちゃん、コミッチーとつきあうようになって丸くなったね」

昔はいまよりもっと、説教くさかった気がする。

「そりゃあ太りもするだろう。傷(いた)みそうな食材をたんまり食わされたり、店で出すカリカリの試食もさせられるからな」

「見た目の話じゃないってば」

「むう、そうか……って、誰がおじいちゃんだ！　しれっと三回も言いおって！」

まだボケてないみたいだし、とっつきにくい頑固じじいでもなくなった。

コミッチーも、意外と優秀なカウンセラーかもね。

「店長さん、今度うちの店に遊びにこない？　彼女さんと一緒に」

さっちゃんそれ、明らかに相談に乗ってもらおうとしてるよね。

「話してみます」

コミッチーそれ、絶対に話さないやつだよね。

「さて、ごちそうさま。モチはどうする？　今日も遊びにくる？」

さっちゃんが席を立ってこっちを見下ろしたから、モチチはとっさにワガハイの尻尾にパンチした。

「あら。ワガハイと遊んでいく？　じゃあ私は、お店に戻るからね」

さっちゃんが帰っていくと、ワガハイが不思議そうに聞いてくる。

「珍しいな、モチ。吾輩にじゃれつくなど」

「野暮だな、ワガハイ。このあとクロケットとデートなんだろ」

ワガハイもコミッチーも、勘が悪すぎるよね。

こんなコンビじゃ不安だけど、ほかに頼れる相手もいないから。

「コミッチー、ちょっと相談に乗ってよ」

「クロケットのこと以外なら、なんでも聞くぞ」

いつもモチチが愚痴を言うから、コッミチーはすっかり油断してる。

「さっちゃんが結婚を迷ってるの。背中を押してあげてくれない？」

コミッチー、「なんでも」って言ったのを後悔してる顔だった。

1

俺の両親は会社の先輩後輩として出会い、数年の交際を経て家族となった。

やがて姉が生まれ、俺が生まれた。一家四人は江の島に住む祖父母の家を訪れながら成長し、姉は二十七のときに海の向こうに嫁いだ。祖父母は亡くなったが両親はいまも健在で、横浜の実家で犬二匹と仲よく暮らしている。

そして三十歳を目前に控えたいま、俺は祖父母の家にひとりで住んでいた。

正確には、ワガハイやつむじといった猫たちとの同居だ。

孫の顔が見たいとせっつかれることもないので、これ幸いと独身でいる。

別に、結婚するつもりがないわけじゃない。

自分の家族が一般的かはともかく、少なくともそれはよいものだった。

そして俺には、稲村という恋人もいる。過去にプロポーズを断られたりもしたが、いまはなんとか復縁できている。

しかしそんな背景があるからこそ、安易に結婚しようとは思えなかった。

まずプロポーズのときといまでは、状況が大きく違う。

ブラックとはいえ、あの頃の俺は会社に所属していた。電車に乗って出社すれば、毎月自動的に給料が振りこまれた。

だがいまは、明日をも知れない移動カフェのオーナーという身だ。

おかげさまで食えてはいるものの、収入は安定していない。将来は実店舗も構えるつもりだから、借金の予定もある。

なにより始めたばかりで店も忙しく、新メニューの開発にも手を抜けない。

こんな状況で結婚について考えるのは、誰だって無理だろう。

しかしそれはそれで、一抹の不安もある。

忙しさにかまけ、稲村との間にコミュニケーションの不足を感じていた。

互いに一歩踏みこめないというか、遠慮してしまうところがある。

そもそも俺たちが一度別れたのも、相互の理解が足りなかったからだ。

稲村は実家に仕送りしていたが、俺は初任給以外で親に恩返しをしていない。それを稲村は「住む世界が違う」と言ったが、俺にはぴんとこなかった。

そうした価値観の違いは、やがて大きな軋轢(あつれき)を生む。

上司によるハラスメントを、稲村は俺に相談しなかった。

俺に言えばトラブルになると考え、会社でトラブルメーカーの烙印を押されれば追いだされると思い、親に仕送りを続けるために、稲村はじっと耐えていた。

最終的に上司の横暴は明るみに出たが、俺は会社を辞めて稲村から去り、稲村も体調を崩して実家の鹿児島(かごしま)に帰ることになった。

並べ立てると散々で、ここから復縁できたのは奇跡としか思えない。

というより、俺は「猫と話せる」という奇跡を授かったおかげで、人と触れあい、自分と向きあい、稲村の価値観を認められるようになったのだと思う。

いまはあのときのような軋轢こそないが、俺は現状で手一杯だし、稲村は稲村でなにか思うところがあるらしく、ときどき思いがすれ違う。

それでも俺は心のどこかで、もう一度稲村にプロポーズしたいと思っていた。

もちろん、いますぐ家族になりたいという話ではない。

過去のあやまちを正したいという、名誉挽回のニュアンスだ。

だがそれは、俺のエゴだとわかっている。

ひとりよがりの懺悔(ざんげ)で救われるのは、俺のちっぽけな自尊心だけだ。

ここまで長々と言葉を連ねたが、要するに俺が言いたいのは――。

「こんな状態で、他人の恋愛相談に乗れるわけがない」ということだ。

なのに白猫モチはぺらぺらと、サティさんの状況を伝えてくる。

「だからさっちゃんは、結婚した先のことを考えてるわけ」

ＥＮＧＡＷＡ常連のサティさんは占い師だ。

現在五年つきあっている会社勤めの彼氏がいて、互いに結婚には前向きらしい。

しかし彼氏の両親が、「占い師」という職業に難色を示している。

とはいえ結婚に反対しているわけではなく、あくまで占いに「うさんくさい」というイメージを持っているだけだそうだ。

「このまま結婚したとしても、今後の実家づきあいに不安があるでしょ。だってなにかトラブルがあったとき、向こうの両親に『やっぱりね』って思われるんだもの。そういう思いこみって、すべてに影響するじゃない？」

丘の上のやわらかな草地を歩き回りながら、モチは所帯じみた意見を述べる。

「それはなんというか、コミチには耳が痛い話だな」

ワガハイは苦笑をごまかすように、自分の毛づくろいを始めた。

「そうなの？　聞きたい聞きたい」

モチが目を輝かせて俺を見る。

「たとえば不良が猫に優しくしていたのを見かけた。不祥事を起こしたアーティストの作品を嫌いになった。人間というのはよくも悪くも、ひとつのイメージが相手のすべてに影響を及ぼす」

猫には難しいかと思ったが、モチは「わかるぅ」と鳴き声を伸ばした。

「これは心理学では『ハロー効果』と呼ばれているが、多くの人間が肌感覚で理解している。だから誰もが失敗を恐れて、挑戦しない時代になった」

「不寛容社会というものは、無限にあった選択肢をごっそりと減らすのだな。なんともつまらぬ時代である」

ワガハイがうむうむうなずくと、

「おじいちゃんのお説教はいいから」

モチがけんもほろろに返す。

「俺も稲村も、過去に選択を失敗した。だからお互いに、『また間違えるかも』というイメージを持っている、と思う。それで言葉尻にまで気を遣うんだ」

「それがぎくしゃくの原因？　……すっごく疲れそう」

こういうときは猫も人間と同じで、単純に体を後方に引く。

「だが失敗のイメージを払拭（ふっしょく）するには、時間をかけて進むしかないんだ」

ネットで炎上すると活動自粛などの対応を取るが、俺と稲村もそれに近い。すぐに復活してまた失敗したくないのだ。

「時間をかけるって聞くと、ちょっと素敵ね。なんだかモチチとダーみたい」

モチがふふっと笑い、尻尾を左右に揺らした。

「それはわからないが、少なくとも俺はサティさんの力にはなれない」

「なんでよ」

笑顔から一転、モチがむっとする。

「仕事を選ぶか、家庭を選ぶか。あるいは両方を取って、ささやかな不安を抱えて生きていくか。どんな選択をしてもいいと思うが、同じ境遇にない人間の話を聞いても参考にならない。無為に迷わせるだけだ」

「『無為に迷わせるだけだ』」

俺の口ぶりをまねて言うと、モチはふんと不機嫌だ。

「かっこつけてるだけで、コミッチーはぜんぜんわかってない。人は悩みを口に出すとすっきりするみたいだけど、相手が猫じゃ限界あるでしょ？　だからさっちゃんは自分に似た人に話を聞いてほしくて、コミッチーを占いに誘ったの！」

「似てる？　俺とサティさんが？」

「コミッチーは占いを信じてないでしょ？　さっちゃんもスピリチュアルなイメージをきらってる。どっちもロマンチストじゃなくて、仕事も個人事業で、年齢も近くて、ふたりとも恋人がいる。違うのは性別だけ」

あらためて言われると、たしかに共通点が多い。

「それにコミッチーだって、彼女との結婚を考えてるんじゃないの？」

「まだ考えていい立場じゃない」

「じゃあ解決すべき課題があるってことでしょ。そういうのを話せばいいわけ。お互いを参考にするんじゃなくて、共感して悩みを軽くしたいの」

ワガハイの顔を見ると、きょとんとしていた。たぶん俺も同じだろう。

「他人事みたいな顔してんじゃないわよ！　コミッチーの話でしょ！」

いつの間に、俺の話になったのか。

「コミッチーは、彼女と結婚したいの？　したくないの？」

「その二択なら、『したくない』とは答えない」

「だったら『したい』って言いなさいよ。いちいち面倒くさい男ね」

モチにやりこめられる俺を見下ろし、つむじがぽんと頭を撫でてくれた。

「それで、コミッチーはどうして彼女と結婚したいの？　好きだから？」

「俺はたぶん、稲村に幸せになってほしいんだ」

「じゃあ相手は、コミッチー以外でもいいってこと？」

「いや、俺には贖罪の意識がある」

「まどろっこしいけど、要は『好き』ってことね。好きだから結婚したいって、コミッチーも案外単純でかわいい」

単純化しているのはモチなわけだが、間違ってはいない気がする。

「仕事の問題がなく、関係の再構築にも時間が不要なら、俺は稲村を幸せにしたいと考えるだろう。だが現状はそれだけに集中できない」

「幸せにしたいだけなら、別に結婚にこだわる必要はないんじゃないの。単に同棲だっていいし、籍を入れないカップルだっているし」

モチが構造を単純にすることに長けているのは、猫だからだろうか。

「それはそうだが、互いの両親を安心させたい思いがある。扶養控除もある。結婚のメリットはそれなりに多い」

昔は社会的信用という面もあったが、現代では感じかたに個人差があるだろう。

「それって、ふたりの幸せに重要？」

「それは……まあ副次的な産物かな」

聞かれたから反射的に並べた、ということに気づかされた。

「子どもは？　絶対ほしい？」

「授かればうれしいが、必要条件ではないだろう」

「じゃあコミッチーは、どうして彼女と結婚したいの」

「それは……」

俺はとうとう、言葉に詰まってしまった。

するとモチが、してやったりという顔で笑う。

「それだよ、コミッチー。そういうことを、さっちゃんと話してほしいわけ。答えなんてないものの意味を探し求めるって、すごくロマンチックでしょ？」

「モチは、サティさんに結婚してほしいのか？」

「モチチのロンだよ。モチチはハッピーなエンドしか認めません」

それはモチの主観というか趣味だが、現時点ではサティさんも結婚を望んでいる。

「じゃあね。今週は明日もさっちゃんお店にいるから、絶対にきてね」

モチは機嫌よく尻尾を揺らしながら、仲見世方面へ去っていった。

「すごいな、モチは。クロケットの苦労が忍ばれる」

白猫の背中を見送りながら、ワガハイは半ば放心している。

「いつの間にか、俺が結婚をしたい立場になっていたな」

「ならば実際に、そうだということであろう。認めてしまえ」

それは認めるが、いくつものことを同時に考えられるほど俺は器用じゃない。

シングルタスクの人間は、すべてに優先順位をつけるしかない。

ただ状況によって順位が変動することは、モチの単純化から学べたように思う。

「モチはどうして、あそこまで恋愛至上主義なんだろうな」

「それは……まあ『人の手』は知っておくべきことかもな」

ワガハイは考えをまとめるためか、しばらく黙った。

「島の猫たちは、子を設けることができない。猫には結婚の概念も基本的にない。そういう意味で、恋慕の情に終わりがないのだ」

地域猫たちは子孫を残せないように、病院で処置をされる。そうしなければ島には猫があふれ、人が世話をできなくなるからだ。

「モチとクロケットも、恋猫同士であって夫婦ではない。二匹のように異性への関心が高まるものもいるが、興味を失うものもいる。人とは事情が違うのだ」

「むしろ人と似ている気がするが。ワガハイはどっちなんだ」

「馬鹿者。吾輩も雌を好いたことくらいあるわ」

ワガハイがふっと、遠くの海を見る。

しかし俺の視線に気づくと、ごまかすように怒りだした。

「とまれ横で聞いていて、吾輩はコミチに憤慨しておる。『俺はたぶん、稲村に幸せになってほしいんだ』など、他人事のように言いおって」

「そう聞こえたなら、言語化が適切でなかったんだな」

「ぬかすな。『俺だけがあいつを幸せにできる』と放言するより、よほど傲慢な物言いであるぞ。『贖罪』うんぬんのくだりも、稲村嬢への侮辱に等しい。唾でも吐こうかと思ったわ」

ワガハイはかなり不機嫌なようで、俺ではなくつむじを見ている。

すると頭上の小さな手が、「ごめんしなさい」と言うように額に置かれた。

「……そうだな。俺が悪かった。言い訳になるが、態度で表すべきことを言葉にしようとすると、誤解を生じやすいんだと思う」

俺は稲村を、「自分よりも大切なもの」と考えている。それを言葉にしたところ、逆に上から目線の表現になった。この場に稲村がいなくてよかったと思う。

「コミチは先日も、極楽嬢の件で配慮の選択をあやまったな」

ワガハイが、ふうむと考える顔をした。

「コミチはいま、ＥＮＧＡＷＡ以外のものを見ておらん。モチに言われたように、女史の店を訪ねたらどうだ。案外、コミチのほうが道が開けるかもしれぬぞ」

それもいいかもなと、そのときは思った。

しかし翌日になると、事態は一変した。

2

夜行性の名残(なごり)であるのか、猫のデートは朝が多い。

今日は配達のバイトに行く予定だったので、俺は縁側でのんびり歯を磨いていた。

するとモチとクロケットが、我が家の庭を通りかかる。

「コミッチー、昨日はああ言ったけど、もうさっちゃんのお店にこなくていいよ」

モチの第一声に、俺は咳こみながら聞き返した。

「なにかあったのか」

するとモチの横で、クロケットがうなずく。

「サティちゃん、占い師をやめるんだってさ」

ますますむせた。

「さっちゃんは、愛に生きることを選んだの。モチチたちと同じね」

モチがうっとりと、クロケットにしなだれかかる。

「人の家の前でいちゃつくな！」

ワガハイが「しゃーっ」と威嚇すると、モチは「べーっ」と舌を出した。

「とにかくもう、コミッチーは余計なことはしなくていいからね」

モチはクロケットにくっつきながら、幸せそうに去っていった。

「まったく……しかし予想外のことになったな」

縁側に戻ってきたワガハイが、ひょいと前足を宙に浮かせる。

「いつだったか、サティさんは言っていたな」

猫足をタオルで拭いてやりながら、記憶を思い返す。

「占い師はずっと続けられるからね。何歳になっても、世界中のどこでも」

サティさんは仕事がすべてという感じの人ではなかったが、占いという仕事自体は好きだったと思う。

「女史はなにか、やっかいごとに巻きこまれたのかもしれぬな」

お節介な猫でなくとも、そう勘ぐってしまう心変わりだ。

「気楽に休めるのが、配達バイトのいいところだ。久しぶりに仲見世まで歩くか」

「ならばコミチ、稲村嬢を誘うべきではないか」

そういえばサティさんも、「彼女と一緒に」と言っていた。

俺は占いを信じるタイプじゃないし、稲村がいてくれれば心強い、が——。

「今日は平日だ」

「道理であるが、最近の稲村嬢は融通が利くようだが」

たしかにそうだ。平日だから遠慮したと言えば、稲村は落胆するかもしれない。

「一応、連絡してみるか」

スマホを操作してメッセージを送ると、すぐに返信があった。

「稲村嬢は、なんと言っておる」

ワガハイが画面をのぞきこんでくる。

「『今日はＥＮＧＡＷＡの営業日じゃないから、時間のかかる仕事入れちゃった。ごめんね。せっかく綾野くんが誘ってくれたのに……』、だそうだ」

「うまくいかんのう。星の巡りが悪いのか」

鼻から大きく息を吐くワガハイを見て、俺も同じ気持ちだった。

「だがコミチよ。前向きに考えるがよい。少なくとも稲村嬢を誘わないよりは、誘って断られるほうがよかったのだ」

そう聞いて、少し気が晴れた。

「ああ。人生ってのは本来、こういうささやかな下降と上昇をくり返すものだ。猫と話せる日常に浸って、俺はすっかり忘れていた」

「さもありなんである。普通に生きよ、コミチ」

「猫と話せる普通、か」

俺はいつものように自転車にまたがらず、ワガハイと一緒に歩き始めた。

「こうしてゆっくり島を歩くのは、久しぶりな気がするな」

ＥＮＧＡＷＡの営業日と配達のバイトで交互に働いているので、俺がいわゆる休日をすごした記憶は開業以前になる。

「コミチは半年も無職だったくせに、急に働きすぎである」

とてとてと俺の前を歩きながら、ワガハイが心配そうに振り返る。

「半年も無職だったから、遅れを取り戻そうと必死なんだ」

「競争しているわけでもあるまい。少しは猫の自由さを見倣（みなら）え」

ワガハイは俺の数歩先を進んでは、ぴたりと止まって振り返る。

その猫特有の歩きかたは人間への配慮を感じるが、実際は違う。

猫はそういう風にしか歩けない生き物だし、

「ふおお！　なんとほどよいダンボール！」

いい感じの大きさの箱を見つけると、体を収めてみずにはいられない。

こういうマイペースなところが、猫の猫たるゆえんだ。

「にー」

気づけばつむじもワガハイの横で、ダンボールにすっぽり収まっている。

俺の頭から降りるのは珍しいので撮影したが、つむじは画像に写らなかった。

「おう、ＥＮＧＡＷＡのにいちゃん。今日も仕事か」

仲見世通りに入っていくと、たこせんべい屋の主人が声をかけてきた。

「いえ、今日はのんびり休んでます。ここのところずっと忙しかったので」

「そりゃいい。あんた働きすぎだ。ほれ、一枚持ってけ」

主人が特大のたこせんべいを、ぐいと押しつけてくる。

「ありがとうございます。代金は払いますよ」

「よせよせ。最近の若いもんは、礼儀が正しすぎる」

俺は礼を言ってせんべいを受け取り、かじりながら通りを歩いた。

「『最近の若いもんは、礼儀が正しすぎる』か。言い得て妙であるな」

ワガハイがしたりしたりと、尻尾を動かした。

「猫もそうなのか」

「正の字なんぞ、その最たるものだろう。まるで猫らしさがない」

たしかに正太郎は礼儀正しく、年長の猫を敬っている。

「だがそれは、悪いことではないのだ。時代が変われば人も変わる。人が変われば猫も変わる。老いゆく者は、みな知っているはずなのにな」

まだ二十九の俺でも、時代についていけないと感じることはある。それを思えばたまに愚痴をこぼすくらいのワガハイは、さほど頑固ではないのかもしれない。

「ここであるな。モチがきているようだ」

ワガハイが地面に鼻をつけ、くんくんとにおいを嗅いでいる。

看板こそ大きいものの、「占いの館」は一坪と言えるせまさだ。

紫色の暖簾の向こうに椅子が見えるが、どうやら客は座っていない。

「どうも」

暖簾をめくって声をかけると、「あらま」と驚かれた。

「まさか店長さんが、本当にきてくれるなんて」

赤い布を敷いた机の向こうで、サティさんが不審そうな顔でおどける。

「お邪魔ではないですか」

「ぜんぜん、ぜんぜん。歓迎するわ。座って座って」

勧められるまま椅子に座ると、サティさんの膝にいるモチと目があった。

「こなくていいって言ったのに……余計なこと言わないでよね」

店主とは逆に、モチはあからさまに迷惑そうだ。

「イメージに反して、水晶玉とかないんですね」

店を見回して感想を述べると、サティさんは声を出して笑った。

「私はそういうんじゃないって、いつも言ってるのに。店長さん、興味ない話は右から左に抜けていくタイプね」

さっそく言い当てられ、頬がわずかに熱を持つ。

「内装も、シンプルで飾り気がない」

話をそらすように言った。

「私以外にも、数名の占い師が所属してるからね」

小道具などでの個性の演出に、制限があるということだろう。

「じゃ、あらためて自己紹介。占い師の鵠沼サティです。専門は西洋占星術」

「移動カフェ経営の、綾野小路です。星座は牡羊座です」

「あら、ぴったり。牡羊座は黄道十二宮の始まりの星座。新しくなにかを始める。自分でなにかを生みだす。そういうスタートのシンボルだよ」

へえと相づちを打つと、「気のない返事」とまた笑われた。

「今日はなにか、占ってほしいことがあるの？」

「というか、サティさんが占い師をやめると聞いたので」

サティさんの笑顔が、一転して強張った。

「私そんなこと、誰にも言ってないけど……？」

「モチには言ったんじゃないですか。俺は猫ばかり見てるんで、なんとなくそういうのがわかるというか」

さすがに気味が悪いだろうが、今回はごまかしようがない。

「たしかに店長さんは、いつも猫に囲まれてるけど……」

サティさんが疑念の目で、俺とモチを交互に見る。

無理につくろってぼろが出る前に、話を進めてしまったほうがいいだろう。

「俺も一応は独立して店をやっているんで、似た立場の人が仕事をやめる理由は気になるなと。年齢も近いですし」

「あー……その気持ち、ちょっとわかるかも」

モチの受け売りだったが、うまく気を引けたようだ。

「まあ話してもいいんだけど、その前に店長さんを占わせてよ」

了承したが、これが意外とたいへんだった。

占いには生年月日だけでなく生まれた時間も必要だとかで、俺は実家の母親に電話をかけさせられるはめになり、オレオレ詐欺でないことの説明に時間を取られ、母親が母子手帳を探すのに時間を要し、最後に「たまには実家に〜」という小言を聞き流すまでを含め、十五分以上はかかっている。

「すみません、サティさん。今日は出直したほうがいいですか」

「大丈夫。予約のお客さん、午後からだから」

サティさんはくすくす笑いながら、円形の図に記号を書きこんでいる。

「基本的に綾野さんは、考えるより先に行動するタイプみたい」

俺の呼ばれかたが、「店長さん」から姓に変わった。

「それから積極的で、人を導くリーダー気質。感情も表に出やすい」

そう聞いて俺が感じた言葉を、足下でワガハイがつぶやく。

「徹頭徹尾、はずれている気がするのだが」

するとサティさんの膝の上で、ふふんとモチが意味ありげに笑った。

「とまあ、こんな具合だけどね。私の知る限りでも、綾野さんはそういう人じゃないよね。クールで地に足着いた性格で、リスク回避が最優先」

まさに自分のことだと感じる。

「これってつまり、本音を隠してる、というより、無理をしてるって感じかな。猫をかぶってるって言ってもいいかも」

思わず、はっとさせられた。

「まさか鵠沼女史には、つむじが見えているのか……？」

よほど驚いたのか、ワガハイが二足歩行になって後ずさる。

俺が驚いたのはそっちではない。ついでに頭上のつむじの様子からすると、サティさんに霊感があるわけではなさそうだ。

しかしなんというか、「当てられた」という感覚はある。

「無理してる原因は、女性とか、女性的な考えかたをする人の影響かな。恋愛優先って感じじゃなくて、安定志向の人、みたいな。思い当たることある？」

「どう考えても、稲村嬢のことであるな。最近はそうでもないが、以前の稲村嬢はとにかく吝嗇(りんしょく)だったとコミチから聞いたぞ」

吝嗇までは言っていないが、稲村は節約に重きを置いていた。

「思い当たることは、なきにしもあらずです」

再会したとき、稲村は俺を「変わった」と評した。

島にこもって自分のあやまちと向きあった結果が「変わった」であれば、俺は稲村に変えられたと言うこともできる。

それが悪いとは思っていない。

ただ「無理をしている」というサティさんの占いは腑に落ちるというか、自分の軸がぶれているような感覚は以前からあった。

「それが彼女だったとしても、気に病まなくていいからね。人間って、少しずつ変わっていくんだよ。自分だけじゃなくて、相手も」

そうなのだろう。ワガハイが言ったように最近の稲村は倹約もせず、仕事を休んでまでＥＮＧＡＷＡに顔を出す。

稲村がときどき見せる戸惑いは、俺と同じく不慣れなものへ挑戦することの自然な反応なのかもしれない。

「倹約家だった稲村嬢は感情の赴くまま行動するようになり、感情を優先していたコミチは地に足を着けるようになった……か。見事な行き違いであるな」

ワガハイが足下で、うーむとうなった。

「行き違いじゃなくて、お互いが寄り添ったってことでしょ。素敵じゃない」

サティさんの膝で、モチはふわふわ尻尾を振る。

「あと仕事なんだけど、これから言うことはあくまで考えかたね。綾野さんは飲食店の経営より、大きな企業の社長さんとか、慈善事業とかが向いてるみたい。自分がよいと思ったものを広めたいとか、離島にお医者さんを呼びたいとか、そういう使命感を帯びた仕事をすると結果が出そう。もちろん、ＥＮＧＡＷＡがそうなるって可能性もあるからね。あくまで考えかたね」

思わず、ワガハイと顔を見あわせた。

「これはつまり、江の島の猫に手を貸すのがコミチの使命ということか……！」

ワガハイは興奮気味だ。

「じいちゃんと同じく、俺も死ぬまで猫にこき使われるのか……」

思わず口に出てしまったが、サティさんには聞こえなかったようだ。

「女史も『あくまで考えかた』と言ったであろう。島で猫たちと暮らし、自分の好きな大根料理で商いもできる。なんの不満があるのだ」

たしかに俺は好きなことをしつつ、猫を含めた誰かのためになれる仕事として、ＥＮＧＡＷＡという店を始めた。そこに文句はない。

ただ「使命」を言葉にされると、荷の重さを感じてしまった。

「別に誰も、コミチに世界を救えとは言っておらん。これほど身軽な使命もない。綾野のじいさんだってそうだった。なにかに縛られていることに反発を覚えるのは、単にコミチが若いというだけである」

ワガハイが言うように、俺のじいちゃんも気ままに生きていたように思う。

自分が若いとは思えないが、いまだ青くはあるのかもしれない。

「ほかになにか、個別に占ってほしいこととかある？」

大占い師に尋ねられ、俺は首を横に振った。

「それよりも、サティさんの話を聞きたいです」

これ以上に自分を知ると、落ちこみから立ち直るのに時間がかかる。

「オッケー。じゃあプライベートってことで、ごはん食べながらでもいい？」

同意したところ、展望台のオープンカフェに行くことになった。

3

「これって、はたから見たらデートだよね」

そう言ったのは、俺の向かいの席に座ってシロップたっぷりのパンケーキを頬張っているサティさん、の足下で、不服そうな半目をしたモチだ。

「吾輩にはよくわからぬ。モチよ。デェトの定義とはなんだ」

テラコッタの地面で丸まったワガハイが、隣のモチに聞き返す。

「男女がふたりで出かけること」

「互いに交際相手がいても、そうなるのか」

「輪をかけて最悪！　コミッチーがモチチの彼氏だったら、一生お風呂に入れないくらいに体中を引っかきまくってやる」

モチのうなり声を聞き、俺はクロケットに同情するばかりだ。

「たしかに私、占い師をやめるってモチに愚痴ったけど」

コーヒーが運ばれてきたところで、サティさんが語り始めた。

「でもまだ迷ってるんだよね。迷ってるというか、普通にやめたくないし」

「俺に占いのことはわかりませんが、正直やめるのはもったいないと思います。今日は目からうろこが落ちたというか、視野を広げてもらいましたし」

サティさんの占いが口から出任せだとしても、俺は名前を変えろなどと行動を迫られていない。ただ別の見方を示されただけだ。

「せっかくさっちゃんがその気になってたのに、余計なこと言わないでよ！」

モチだって一応は、サティさんの幸せを望んでいるはずだ。それを結婚に限定してしまうのは厄介だが、ひとつの視点ではあると思う。

「でもさっき話した通り、向こうの両親がねえ」

交際相手はサティさんの職業に理解を示しているが、両親は占い師を詐欺師と同じようなものだと思っている。まあ気持ちはわからないでもない。

ただサティさんの占いは、詐欺的なスピリチュアルっぽさはなかった。

なにしろ占ったあとに、相談者からのフィードバックを求める。

占いの結果を聞き、自分がどう考え、問題に対してどういう選択をしたのか、鑑定から半年後にメールで問いあわせるそうだ。

占星術は統計学という考えかたがあるらしいが、サティさんはそれを俺に説明するために、「有意差がなければ統計は無意味」、「ＰＤＣＡを回して初めて占星術」など、およそスピリチュアルとはほど遠いワードを用いた。

「占いはシステムが構築されていて、占い師はオペレーター、あるいは専門知識を持ったカウンセラーやコンサルタント。ご両親にそう説明したらどうでしょう」

「うーん……そう聞くと、余計にうさんくさいなあ」

サティさんは他人事のように、あははと笑っている。

「この様子だと、女史はもう答えを出しておるようだな」

ワガハイの見立てが正しいかは、続くサティさんの言葉でわかった。

「私も最初から占い師だったわけじゃなくて、普通に都内で働いてたからね。そのときに人間関係でごちゃごちゃして、たまたま観てもらった占い師に救われたんだよ。だから占いが好きだし、やめたいわけ……ないんだよねえ」

泣き笑いのような顔で、サティさんがため息をつく。

「結婚をあきらめる、という選択は考えましたか」

「私、三十だよ。アラサーど真ん中」

「まだ若い」

「綾野さん、本当はそう思ってないでしょ。私もそういうタイプ」

自分を「若い」と定義できるのは、なにかを成し遂げた人間だけだ。

これといった成果のない俺のような凡人は、焦燥感と劣等感で、「もう若くない」と自分にはっぱをかけながら生きている。

「自分に自信がないから、三十路(みそじ)というワードに過剰におびえるんだよね。晩婚化が進んだのって、みんな自分のやるべきことで忙しいからでしょ？」

「一概には言えませんが、そう認識しています」

少なくとも俺の場合、まったくもってその通りだ。

「占いをやめたくはないけど、一生占い師として生きる覚悟もないんだよね。そんな私はこれを逃したら、ずっと独身な気がしちゃって」

そこで、「ね」とモチが鳴いた。

「コミッチーも共感できるでしょ。ふたりとも結婚しちゃえばいいんだよ」

自分を若いと思えない俺たちには、手を伸ばしたくなる考えかただ。

「交際相手は、いますぐに結婚したがってるんですか」

「うん。子どもが欲しいんだって」

家族を増やすことが前提の結婚なら、夫婦どちらも年齢は重要だ。

「ねえ、コミッチー。そのことについて、さっちゃんがどう思ってるか聞いて」

モチに頼まれたが、さすがにそこまでは踏みこめない。

しかし俺が黙っているからか、サティさんのほうから話を振ってきた。

「私は自分が子どもを持つことについて、真剣に考えたことなかったんだよね。綾野さんは、考えたりする？」

「いいえ。俺もまだ自分が子どもというか」

「おっかしい。人間の男って、みんな口をそろえてそう言うよね」

モチが鼻で笑う。

「よく聞くよね。男の人が覚悟を決めるのは、子どもが生まれてからだって」

「でもサティさんの相手は違う」

「ね。ほんと、いい人なんだよ。私にはもったいない」

「どうしてそう思うんですか」

「どうしてって……うーん」

サティさんが、うつむいて考えこんだ。

「私はたぶん、彼以外にも好きなことが多いんだろうね。占いとか、猫とか……っていうか綾野さん、ずいぶんぐいぐいくるね？」

「つい最近、俺も似た感じで詰められたんです。それで気づくこともありました」

モチを横目で見ると、興味津々と尻尾が揺れている。

「おー。気づきを共有してよ、綾野さん」

「たぶん、サティさんと一緒です。俺は、なにもあきらめたくない」

「彼女も仕事も？」

聞かれて素直に、「はい」と答えた。

「本当だ。私と一緒」

サティさんが笑い、俺も笑った。

「ただし厳密には、少し違います。サティさんの課題は、先方のご両親です。それさえ解消できれば、なにもあきらめなくてすみます」

「解消って、どうやって」

「そろそろ予約のお客さんがくるんじゃないですか。歩きながら話しましょう」

俺たちは会計をすませ、仲見世方面へ歩きだす。

「で、お義父さんとお義母さんの偏見を、どうやってなくすの？」

「相手のご両親は、猫はお好きですか？」

俺はサティさんに、自分の思いつきを話した。

少しでも不安なら、やるべきではない。

そう前置きしたが、サティさんは俺の提案に賛同してくれた。

「いいアイデアだと思う。どっちに転んでも、私はすっきりするしね」

「モチチも協力するから、当日は任せて」

いつの間にか気が変わったようで、モチチも機嫌がいい。

「詳細は、また後日に」

そう言って、俺の家の前で別れた。

さてと玄関の引き戸を開けたところで、背後から声がかかる。

「綾野くん。占い師さんと、食事でもしてたの？」

振り返ると、稲村が立っていた。

「コミチ、これはまずいぞ！　死ぬ気で言い訳せよ！」

ワガハイが、にゃーにゃーとわめく。

「稲村、仕事はいいのか」

「都合つけてきた。で？」

稲村は微笑んでいる。

「一応言っておくが、サティさんとはそういうんじゃない」

「そういうのって、なにかな？」

稲村は微笑んでいる。

その恐怖におののいたのか、つむじまで俺の背中に隠れた。

「そういうのというのは、つまり……」

「あっ。もしかして、浮気を疑われてると思ってる？　やだなあ。ぜんぜん疑ったりしてないよ？　だって綾野くん、私を誘ってくれたし」

当たり前だが、浮気をする前に恋人に連絡する人間はいない。

ワガハイが焦らせるせいで、余計なことを言ってしまったようだ。

「それとも綾野くん、なにかやましい気持ちがあったの？」

「断じてありません」

「うん。綾野くんって、そんなに器用じゃないしね。でもひとつ聞いていい？」

稲村が微笑んだまま、俺に顔を近づけた。

「シチリさんといい占い師さんといい、綾野くん年上が好きなの？」

4

人間が闇を恐れるのは、情報量の少なさが原因らしい。

なにが起こるか予測できないと、人は不安を抱えて不快を覚える。

だから自分にとっての「未知」を毛嫌いし、それが偏見や差別になるそうだ。

「人間は既知のものばかりを好むわけだな。猫とは大違いである」

ワガハイがウッドデッキに寝そべって、くわぁと大口を開けてあくびをした。

今日は島内随一の花の名所、その人通りの少ない場所に出店している。

一般的に移動カフェは、イベント会場の出口などに陣取るのがセオリーだ。

しかしＥＮＧＡＷＡが商うのは、猫とくつろぐ時間そのものになる。

ゆえにこういう静かな場所のほうが、売り上げがよくなる傾向があった。

「たしかに猫の好奇心には、いつも感心するな」

今日も集まった猫の中には、新顔がちらほらいた。ワガハイと会話をする俺に最初は驚くものの、やがて興味深そうに近づいてくる。

「まあ猫も老いれば多少は凝り固まる。老いた人間ならなおさらだ。さて、あの夫婦にどう納得させるつもりだ」

今日は大盤振る舞いで、ベンチを四席用意していた。

いまそのうちのふたつに、年配の夫婦が腰かけている。

目を細めて猫を眺めているこの夫婦は、サティさんの交際相手の両親だ。還暦前と聞いているが、イメージしていた頑固な夫婦という感じではない。

「なんか猫を見る素振りで、じーっとさっちゃんをうかがってるみたい」

モチも陽の当たるウッドデッキで丸くなりながら、夫婦を観察している。

俺たちの場所からは声が聞こえない辺りに、サティさんは赤い布をかけたテーブルを置いていた。対面の椅子には予約の客が座っている。

「まあそう勘ぐるな、モチ。のびのびせよ。江の島は今日もいい天気である」

もう一度あくびをしたワガハイは、早くも目を閉じかけていた。

俺がサティさんに提案したのは、「コラボレーション」だ。

海に囲まれた江の島で、猫とたわむれながらコーヒーを飲む。

心が穏やかな状態でサティさんの占いを見れば、偏見もいくらかやわらぐ。

そんな少し卑怯で、だいぶのほほんとした作戦だった。

「コミッチー、こんなんで本当にうまくいくの？」

強い口調とは裏腹に、モチの耳は寝ていた。

「誰かの『こうあるべき』にあわせて自分を変えていたら、この先もずっとそうしなければならない。サティさんはそのことに、とっくに気づいていた。けれどそれは悪いことじゃないと、自分に言い聞かせてもいたんだ」

おそらく年齢は関係なかったと思う。単にいまの相手を失いたくないから、サティさんは自分を変えようとしたはずだ。

「だが自分を無理に変えようとすれば、どこかで齟齬が生じる。占い師を辞めても辞めなくても、いずれ問題は起こる。だったらいまぶつかりたい。それがサティさんの出した結論だ。どんな結果でも後悔はないさ」

「『どんな結果でも後悔はないさ』、じゃないよ！　モチチが聞いてるのは、さっちゃんは結婚できるのかってこと！」

モチの疑問に、ワガハイが答える。

「それは簡単ではない。鵠沼女史は自分を変えないために、相手の価値観を変えようとしているわけだからな」

とはいえ偏見は、自我ほど強固な価値観じゃない。俺だってあの両親と同じく占いをうさんくさく思っていたが、いまはサティさんに占い師をやめてほしくない。

「コミチ。先方がきなすったぞ」

ベンチに座っていた父親が立ち上がり、こちらに近づいてきた。

「すみません。コーヒーのおかわりをもらえますか。それから妻にお茶を」

「かしこまりました」

俺はうなずき、ミルで豆を挽き始めた。

「聞いていると思いますが、うちの息子が早知子さんと結婚するつもりでして。親バカというわけではないんですが、少し早知子さんの話をお聞かせ願えませんか」

尋ねてきた内容はともかく、父親は温和な印象だった。

「早速、探りを入れてきたね。コミッチー、うまいこと言ったげて」

モチの指示は聞き流し、俺は当たり障りのない答えを探す。

「鵠沼さんは、よくご利用くださる常連さんですね」

「どんな人ですか」

「猫が好きで、お金稼ぎが下手な人です」

父親が眉をひそめた。

「相手のためになると思えば、都合の悪い事実も言ってしまう占い師さんですよ。よく言えば、裏表のない人です」

「すごい！　コミッチー、喫茶店のマスターっぽい」

実際ほぼ喫茶店のマスターなわけだが、モチが言いたいことはわかる。

「ですが占いなんて、舌先三寸の商売でしょう。悪く言うのもテクニックなんじゃないですか。『不幸を避けたければこの札を買え』とか」

「そういう占い師もいるでしょうけど、鵠沼さんは違いますね」

「いやね、早知子さんのことは私たちも気に入ってるんです。気配りができるし、妻の料理をおいしそうに食べてくれるしね。だから仕事が占い師と聞いて、こっちも反応に困っているんですよ。ほら、うちは親戚も多いから」

両親が持つ占い師への偏見は、背後に控えるさらなる偏見たちへの忖度らしい。

それならば、望みはありそうだ。

「でしたらご自身で確認するのが、一番いいと思いますよ」

俺はコーヒーとほうじ茶のおかわり、そしてカリカリを差しだした。

「これは、猫のエサですか」

「ええ。そこの白猫、名前はモチと言うんですが、移動カフェの店長なんかよりも、よほど鵠沼さんのことを知っています」

がんばれよと、モチに向かって片目を閉じる。

判明した勝利条件は、両親が親戚たちの偏見を吹き飛ばせるほどにサティさんを気に入ることだ。そのためには猫のかわいさが役に立つ。

「これでさっちゃんが結婚できなかったら、コミッチーを恨むからね！」

俺へはきつく当たりつつ、モチは猫なで声で父親にすり寄った。

「なるほど。うちでも一匹飼ってるんですよ。妻が好きでね。よし、きみにいろいろ聞かせてもらおう」

父親は頬をゆるませつつ、モチと一緒にベンチに戻っていった。

「さっきモチも言っていたが、コミチは店主が板についてきたな。『鵠沼さん』という呼びかたは、配慮を感じたぞ」

ワガハイが好々爺の顔でうなずいている。

「始めて半年たったからな。『サティさん』では占い師の印象が強すぎるし、距離の近さを邪推されても困る」

「よきかな、よきかな。経験から学ぶのは……むっ、まずいぞコミチ！」

ワガハイの視線の先を見ると、クロケットが悠然と歩いていた。

その両脇には、二匹の雌猫が寄り添っている。

「どうするのだ、コミチ。モチが気づくのも時間の問題であるぞ」

目下のモチは、母親の足下で丸くなっていた。

「ワガハイはモチの代わりに、両親の相手をしてくれ。あとはこっちでやる」

そう言うやいなや、モチがクロケットに気づいた。

「ダー！　なにやってるの！」

モチが走る。ワガハイが入れ替わる。俺も走ってクロケットを抱え上げ、どうにかモチのジャンプ引っ掻きから守った。

「コミッチー、ダーを放して！　今度という今度は、もう許さない！」

瞳孔を収縮させたモチが、俺の足下でぴょんぴょんと跳ねる。

「つむじの飼い主。絶対に手を離さないでね。離したら僕は死ぬよ」

俺の腕の中で、クロケットは泰然と揺れていた。

「そんな浮気者の味方をするの？　コミッチーも浮気者ってわけ？」

「俺は浮気はしない」

「してたでしょ！　彼女とうまくいってないくせに、やたら年上の女の子と仲よくなってるし。こっそり色目使ってんでしょ！」

男はみな、クロケットと同じ思考だと思っているらしい。

「それは因果が逆だろう。稲村がいるとわかっているから、シチリさんやサティさんは俺を安全な男とみなしてるんだ」

「じゃあなんで、モチチがいるのにダーは浮気するの！」

それは俺に聞かれても困る。

「僕は別に、浮気なんてしてないよ」

クロケットが、ぶらぶらと揺れながら答えた。

「言うに事欠いて、事実をねじ曲げないで！」

「じゃあハニーに聞くけど、浮気ってどういうこと？」

「はい出た！　男はみんなそう言うの。概念や定義の話じゃないって、どうしてわからないの？　モチチがいやなものはいやなの！　わかるでしょ、コミッチー？」

「でも僕は、ただ女の子と話してるだけだよ。一番好きなのは子猫ちゃんだって、いつも言ってる。僕は悪くないよねえ、つむじの飼い主？」

上と下から意見を求められ、俺はやむなく口を開く。

「実を言うと、俺はどっちの気持ちもわかる」

まだ会社にいた頃、噂話を真に受けた俺は稲村と上司の関係を疑った。

それでいながら、俺は自分が女性と食事をしても疑われるとは考えていない。

人間はつくづく、自分が見えない生きものだと思う。

「ただ公平に見て、クロケットは擁護できないな」

「ちょっと、つむじの飼い主！」

腕の中でクロケットがもがいた。

「この間もクラベルがきたとき、駅まで送ってそのまま電車に乗っただろう」

すぐにつまみだされたらしいが、人間であれば迷惑行為も甚だしい。

「なにそれ、聞いてないんだけど！」

モチがひときわ高くジャンプした。

「よりにもよって！　あのお高くとまった女と！」

クロケットが、「ひぃ」と尻を持ち上げて爪を避ける。

「価値観が衝突した場合、どちらかが自分を曲げるしかないんだ。そこで俺からの提案だが、モチはもうあきらめろ」

「は？　なにそれ……」

俺はクロケットを地面に置き、呆然としているモチを抱き上げた。

「耳を貸せ」

ひょんなことから思いついた策を、モチに耳打ちする。

「……なるほどね」

意を得たりというように、モチは不敵に微笑んだ。

「ねえ、なに？　なんの話してるの？」

今度はクロケットが、不安そうにモチを見上げている。

「仕事の話さ」

そう言って、俺はモチをウッドデッキに下ろした。

クロケットが、「ひい」と身構える。

しかしモチはぷいと顔をそむけ、すたすたと去っていった。

「え……どういうこと？」

すくめていた首を伸ばし、クロケットはぽかんとしている。

「クロケット。うちの店で一番人気の猫がわかるか」

「聞くまでもないでしょ。僕だよ」

「前まではそうだったな。いまあそこに、若い灰色のハチワレがいるだろう。正太郎は飼い猫だから顔を出すのはまれだが、きた日は必ずスターになる」

人と猫の輪に指をさすと、クロケットがじいっと目を細める。

「あの配色で人気者？　ないない。僕はみんな大好き茶虎だよ」

「正太郎は素直で礼儀正しいんだ。人間にも猫にも好かれる。見てみろ。正太郎の周りにいるのは、元はクロケットの取り巻きだ」

茶黒の二毛を指さすと、クロケットが「あっ」と驚いた。

「ジルじゃないか。最近見ないと思ったら……」

以前はモチと渡りあうほどのクロケット好きだったジルも、最近はすっかり正太郎に推し変している。

「さっき俺は、モチに正太郎の教育役を頼んだ。正太郎は飼い猫のくせに、地域猫の生き様を勉強したいらしい。モチも島は長いし、うってつけだろ」

「なーんだ。僕にやきもちを妬かせる作戦なんだね。だったら通用しないよ。だって僕は、あんな子どもに負ける気しないもの」

クロケットは余裕の顔で、自慢のヒゲを整えていた。

「逆に言えば、クロケットもいい歳ってことだな」

俺の言葉が効いたようで、クロケットは「うっ」とうめいた。

「お、雄は歳を取って魅力が増すんだよ。人間だってそうでしょ？」

「いつの時代の価値観だ。見てみろ。モチの目が潤んでる。正太郎みたいに若くて素直な猫なんて、かわいくてしかたないだろう」

モチのうっとりした表情は、どこまでが演技かわからない。

「いつでも僕が一番だったモチが……」

「世代交代の時期がきてるんだ。ジルはもうだめだろうが、モチならまだ間にあうかもしれない。潮時がきてから自分を曲げても無意味だぞ」

かつてモチが幼猫だった頃、クロケットは熱心に口説いていたという。

しかしモチが振り向いてからは、逆に執着しなくなったらしい。

追われるよりも追いかけたいというのは、猫の本能なのだろう。

「すごい。浮気猫のクロちゃんが、モチを追いかけていっちゃった」

いつの間にか、横に稲村が立っていた。

「稲村、いつから」

「うーん……『俺は浮気はしない』の辺り？」

要するに、ほとんどすべて聞かれていたらしい。

「毎度のことだけど、綾野くんは本当に猫の言葉がわかるみたいに話すね」

ほかにどんな話をしていたかと思い返し、肝がどんどん冷えていく。

「綾野くんが性格もクロちゃんみたいだったら、わたしは相手にされなそう」

「なんの話だ」

「わたしの好きな人は、中身も男前だなって話」

稲村はたまに、こういうことを臆面もなく言う。

「いちゃついてるところ申しわけないけど、ちょっと頼まれてくれない？」

サティさんがやってきて、にやにやと目を細めている。

「どうかしましたか」

「彼のご両親が、もっと間近で私の仕事を見たいって。申しわけないけど、お客さんになってくれないかな。公開占いだからもちろん無料」

稲村は目を輝かせていたが、同時に不安そうに俺を見た。

「サティさんの占いは面白い。稲村も観てもらうといい。俺は前にこてんぱんにやられたから、今日は店番をしておくよ」

稲村は俺に聞かれたくないだろうから、冗談めかしてそう言っておいた。

「じゃあ、お願いします」

稲村がサティさんについていくと、入れ替わりにワガハイが戻ってくる。

「コミチ、いったいどうなっておるのだ。モチがきたと思ったら、クロケットまでやってきたぞ。ジルと正の字の取りあいだ」

「いろんなことが、うまくいったんだ。今日はいい日だ」

俺は自分用にコーヒーを入れながら、売れ残りの漬物をひと口かじった。

「我ながら、いい味だ」

「よくわからぬが、吾輩にも水とカリカリをくれ。働きづめで疲労困憊である」

俺たちは互いに労をねぎらい、しばしのんびりと秋の空を眺めた。

🐾🐾

正くん推しの猫は、確実に増えてたんだよね。

人間だってそうでしょ？　いわゆるイケメンの芸能人だって、旬が過ぎて十年もたったら、ただの顔がいいだけのおじさん。もう誰もが振り返るスターじゃない。

悲しいけど、クロケットもそうなりつつあるみたい。

いくら童顔でも、さすがに若いとは言えない歳になったしね。取り巻きなんてほとんどいなくなって、明らかにさびしそうな顔してる。

こうやって落ち着く日って、くるもんなんだね。

私も自分を「モチチ」とは言わなくなったし、彼を「ダー」って呼ぶのもやめちゃった。最近は彼と海を散歩したり、神社とか静かな場所でお昼寝してる。

それで十分って思えるのは、歳を取ったってことなのかな。

でも私の感覚としては、「自然になった」っていうのが近いかも。

いままで意識したことなかったけど、若さって個性だったんだね。それがなくなることで、初めて自分の軸みたいなものがわかるんだと思う。

そういえば私の一人称が「私」になったことに、彼はまだ慣れないみたい。

コミッチーも言ってたけど、変化に順応するのって時間がかかるよね。

それってたぶん、相手との距離が遠いからだと思う。

ドラマの初めと終わりで、主人公の性格が変わっちゃうことってあるでしょ？

それを受け入れられないのって、たぶん当事者じゃないから。まあ視聴者だから当たり前だけど、要するにそれが距離。

だから自分のそばにいる相手の変化は、そのうち受け入れてあげられるよ。

私はいまもあなたの一番のファンで、この先もずっと一緒にいるからね。


「子猫ちゃんは今日も、サティちゃんのとこに行くの？」

ようやく目覚めた彼が、寝床でうんとのびをする。

「うん。結婚が決まって、愚痴が増えたし」

まあさっちゃんの愚痴は夫やその両親のことじゃなくって、名字が変わることの不便さとか、式場の予約が取れないとか、そういうタイプの話。

半分はのろけだから、私が聞いてあげないと被害者が増えちゃうってこと。

この間のＥＮＧＡＷＡとのコラボで、さっちゃんはコミッチーの彼女を占いながらこんなことを言ってた。

「稲村さん、まだ二十五歳って思ってる？　やりたいことをやっても、やりたくないことをやっても、三十なんてあっという間にくるよ。誰かのために自分のやりたいことを我慢して、四十で後悔するとか最悪だからね。リスタートするよりも、我慢するほうが楽になっちゃってるから」

たぶんさっちゃんは、見学してる両親にも宣言してたんじゃないかな。

その言葉が響いたのか、向こうの両親は感銘を受けたみたい。

仕事で遅れてた彼が合流すると、その後の会食では、お義父さんは式の日取りを決めたがるし、お義母さんは二回も占いをせがむしで、たいへんだったらしいよ。

「じゃあ僕は、ＥＮＧＡＷＡでごろごろしながらハニーを待ってるよ」

クロケットが空を見上げて、「昼寝日和」と穏やかに微笑んでる。

以前の彼なら私の不在に、これ幸いとナンパしてたのにね。

落ち着くのが早いのは、彼も若さという個性を手放したからじゃないかな。

まあ私を「ハニー」とか「子猫ちゃん」って呼ぶのは、相変わらずだけどね。

でもそれは彼らしいから、変わってほしくない気もするかも。

「うん。じゃあね、ダーリン」

いたずら心を起こしてそう呼ぶと、彼は気恥ずかしそうな顔。

その胸に額をこすりつけてから、私は仲見世方面へ歩きだした。

今日も江の島には観光客がたくさんいて、猫を見て笑顔になっている。

私の知る限り、猫を見ても感情が動かないのはコミッチーくらいじゃないかな。

それなのにいつも猫に囲まれているんだから、変な人だと思う。

でもその変な人のおかげで、私もさっちゃんも前に進めたんだよね。

肝心の当人も、一時期よりは彼女とぎくしゃくしてない、かな？

「人が多いね。ＥＮＧＡＷＡも人気が出てきたし、今日は座れないかも」

そんな会話が聞こえてきたので、私はうれしくなって声の主を探した。

するとモデルみたいな金髪のおねえさんと、彼女が抱えたケージが目に入る。

「クラベル……！」

青みがかった美しい毛の猫が、感情のない緑の瞳で私を見た。

「あなた、少し印象が変わったわね」

かつて彼を骨抜きにしたロシアンブルーは、私の天敵。

「は？　老けたって言いたいわけ？　すいませんねえ。あんたみたいにお高くとまった猫と違って、こっちは毎日のブラッシングとは無縁ですから！」

モチチ時代に戻ったみたいに、私はクラベルに嚙みついた。

地域猫の見守りさんがときどきブラシをかけてくれるけど、専属トリマーがいるこの子とはやっぱり雲泥の差。

悔しいけれどクラベルは美猫だし、逆立ちしたってかなわないのはわかってる。

でもみっともなくても、滑稽でも、私はこの子からだけは逃げたくない。

それはさっちゃんと同じ――譲れそうで譲れない、私の軸。

「違うわ。いい女になったって思っただけよ」

クラベルは興味なさそうに言って、飼い主に運ばれていった。

「なんなの、その上から目線！　あんただって、いつかはおばあちゃんになるんだからね！　その頃に彼を返せって言ったって、遅いんだから！」

叫んだけれど、どうせ聞こえない。あの子は最初から聞く耳を持っていない。

「朝から最悪の気分……」

私はどんよりして肩を落とし、うつむいて仲見世通りを歩く。

「あ、モチだ。楽しそうだな。なにがあった？　ミャイチにも教えろ」

通りすがりの黒猫ミャイチが、てんで見当違いなことを言った。

「ぜんぜん楽しくなんてないわよ！　クラベルに『いい女になった』って言われたくらいで、喜ぶわけないでしょ！」

「そうなのか？　でもふわふわしてるぞ」

私の尻尾を見つめるミャイチの瞳が、左右にくるくる動いてた。

母は天国にいるのである
Enoshima is an island of cats

あの頃はまだ、地域猫なんて呼びかたはなくってね。

あたしはただの野良猫で、若いと言うより幼い三毛だったよ。

当時の江の島は、そりゃあもう荒れていてね。

違う違う。人間じゃなくって、猫の話さ。

野良の派閥がいくつもあって、毎日のように縄張り争いしてたってことだよ。

あたしは運よく、ジョバンニの組織に拾ってもらってね。

組織なんて大げさに言ったけど、要は血の気の多いのが五、六匹いるだけの、はぐれ者の集まりさ。

ほかには百匹近い猫がいる徒党もあったから、うちらみたいな弱小の集まりは、毎日ほうほうの体で逃げ回ってたよ。

そんなうちらのねぐらは、柳の家の裏っかわさ。

あんたも知ってるだろう？　あすこの家は斜面ぎりぎりに建っているから、人も猫もあまり寄ってこないんだ。

ところであたしはジョバンニの組で、ただ一匹の雌でね。

だから雄同士の争いに参加することは、ほとんどなかったんだ。

もちろん、あたしはやる気だったよ？

でもジョバンニのやつはいつも、「おまえはねぐらを守ってくれ」って、連れていってくれなかったのさ。

ねぐらの留守番なんて、いてもいなくてもいいようなもんでね。

だって徒党で攻めてこられたら、あたし一匹じゃどうしようもないだろう？

そうは言っても長(おさ)の命令を無視するわけにもいかないし、仲間がケガをして帰ってきたら、なにもできなくてもそばにいてやりたいし、ってことでね。

あたしはろくにうろうろせず、ずっとねぐらに留まってたよ。

手持ち無沙汰の退屈しのぎには、ずっと柳の家を眺めてたね。

あの家は、島でも一番くたびれてるだろう？

かなり年季は入ってるけど、住んでいるやつは意外と若かった。

知っての通り、頼通(よりみち)だよ。当時はまだ二十代さ。

頼通は結婚してたけど、かわいそうに妻を事故で亡くしてね。

だから男手ひとつで、五歳の禅人(ぜんと)を育てなけりゃならなかった。

だけど頼通の仕事ってのが、売れない芸人でね。芸事だけじゃあ子どもにおまんま食わせられないってんで、いろんな仕事をかけもちしてたよ。交通整理とか、ビル清掃とか、そういうやつさ。保育園の閉園時間ぎりぎりまで働いて、禅人を迎えにいって。飯を食わせて、寝かしつけたら、また夜中に働きに出る。それでもさ、まだまだ夜中に熱を出す年頃だろう？だから頼通は近所の人間に頭を下げて、ときどき禅人の様子を見てくれるように頼んでいたんだ。

地域猫とおんなじだよ。禅人は島のみんなに育てられた子さ。禅人自身は、利発で物わかりのいい子だったね。髪がさらさらで、青っぱななんて垂らしてなくって、貧しさを感じさせない、しっかりものさ。

でもその歳で、母親の死を受け入れられる子なんていないだろう？だから頼通が寝かしつけたと思って仕事に出て、近所の人間が見回りにくるまでの間に、禅人は毎晩ひとりで泣いてたんだよ。

五歳の子が押し殺した声で、「ママ、ママ」ってね。

あんたなら、どう思う？

猫はみんなそうだろうけど、あたしは人間なんて「ただの障害物」くらいにしか思ってなかったよ。柳の家からほどこしを受けてもないしね。

それでもねえ、毎晩布団をつかんで歯を食いしばっている禅人を見ると、頭で考えるより先に体が動いたんだよ。

見回りのこともあって、柳の家はろくに戸締まりされてなかった。

あたしはいつも見ていた縁側から、ひょいと上がりこんだ。

閉め切られてない障子の間に、頭をぐいとつっこんでね。

そしたら月明かりで、顔をくしゃくしゃにして泣いてる禅人が見えたよ。

「あんた、さびしいんだろう。あたしが遊んでやるよ」

そんな風に声をかけると、幼い禅人は体を強張らせてねえ。

あたしは慌てて近づいて、前足で禅人のおでこをぺたりと踏んだんだ。

「怖がらなくていい。あたしはただの猫だ。ほら、触ってみるかい」

あたしは、ごろりと畳に体を横たえてやったよ。

人間ってやつは島にいる猫を触りたがるし、触らせてやるとおおいに喜ぶ。

それくらいは、あたしも観察で知ってたんだ。

しばらく目を閉じていると、闇の中で禅人が動く気配がしてね。

「猫だ……」

子どもの声に「そうさ」と返したけど、人間に猫の言葉は伝わらない。

けれどなにかを感じたらしくて、禅人はおっかなびっくりの様子で、あたしの腹に小さな手を伸ばしてきたんだ。

「ふわふわだ……」

当たり前さ。猫なんだから。

「あったかい」

そりゃそうさ。生きてるんだから。

そんな風にしばらくの間、あたしはされるがままになってやったよ。

ぺたぺたぺたぺた、禅人は飽きずにあたしを触ってたっけ。

猫のあたしが言うのもなんだけど、あの子の手は本当に小さくてね。

こんな子がひとりで夜をすごさなきゃならないなんて、猫より過酷な生活だよ。

だから見張りでひまな夜、あたしはちょくちょく禅人の顔を見にいったんだ。

泣いていたら、涙を舐めとってやってね。

するとあの子は、「しょっぱい?」と笑うんだ。

やがてはあたしをぺたぺた撫でながら、自分の話なんかをしてくれたよ。

もちろん、ほとんどはわからないさ。

たぶん好きなテレビ番組とか、保育園でどんな遊びをしてるとかだろうよ。

ただね、あたしにもわかる話はあったんだ。

言うまでもないけど、亡くなった母親のことだよ。

「ママは、優しいんだ。いつもぼくの頭を撫でてくれるんだ」

過去形で「優しかった」と言わないのは、まだ受け入れられないからか、単に子どもだからかは、あたしには判別できなかったね。

どちらにせよ、母親の話を始めると禅人は声を上げて泣きだすんだ。

あたしは気を引くために畳の上をごろごろ転がったり、自分の尻尾を追いかけるところを見せたり、てんてこまいだよ。

なんだい、笑うんじゃないよ。あたしにだって、そういう時代はあったんだ。

ともかくあたしは若い身空で、人間の子守をするようになった。

腹に頭をくっつけて眠る禅人を見ると、母親のような気にもなったさ。

とはいえやっぱり、猫ではどうしようもないこともあるんだよ。

禅人が小学生になっても、頼通の状況は変わらなかった。

芸人なんてのは、馬鹿やって簡単に稼いでいるように見えるけどね。

実際にはみんな、陰で血のにじむような努力をしてるもんさ。

おまけにね、下積みが長ければ認められるわけでもないんだよ。

芸事で食べていくには、自分ではどうしようもない「運」ってものに頼らなきゃならないのさ。

その点で頼通は、なんとも真面目な男でね。

飲む打つ買うは、どれもやらない。金の面でだけは子どもに不自由させまいと、体を壊しかねない勢いで働いてた。

それでいて、優柔不断で夢見がちというかね。

芸の道をすっぱりあきらめて、子どもとの暮らしを優先する。

そういう風には、考えないやつだった。

でもあたしは、そんな頼通がきらいじゃなかったよ。

子どもの前で愚痴を言うことはなかったし、当たったり怒ったりもなかった。

水入らずですごす一日の中のわずかな時間は、息子に愛情を注いでたしね。

禅人ももちろん、父親を愛していたよ。

あの子はとにかく頭のいい子でね。

わがまま盛りなのに、あれがほしい、これを買ってなんて言わず、同じ本をなんども読んでたっけ。

教科書の余白にあたしの絵を描いたり、工夫をして遊ぶ子だったのさ。

そんな父子が報われる日を、あたしはいつも祈ってたよ。

けれどその頃には、禅人にかかりっきりってわけにもいかなくなったんだ。


あたしたちの組の長、ジョバンニは腕っぷしのめっぽう強い猫でね。

おまけに負けず嫌いだったから、十対一でも百対一でも逃げやしない。

そりゃあもう、毎日のように瀕死のケガを負ってたよ。

ただそのかいあって、組織は少しずつ大きくなってきたんだ。

あたしも古株になっていたから、新入りを教育したり、縄張りを見回ったりに忙しくて、柳の家を眺める日も減ってたんだよ。

その頃には、禅人も四年生になっていたからね。

ひとりで危なっかしいことをする子でもないし、母親のいないさびしさにもすっかり耐えられるようになってた。

もうあたしがいなくても平気、なんて思っちまったんだよ。

あたしも野良のご多分に漏れず、昼間に寝て夜に活動する猫だった。

だからその日も、組の若い子たちに指導をしたあと、朝方にねぐらに帰って眠ろうとしたんだよ。

すると驚いたことに、柳の家に父子がそろってたのさ。

平日の午前中なのにだよ。

「どうして彼を殴ったんだ。お父さんにも言えないのか」

頼通がそう言うのを聞いて、あたしは半分寝かけてた目をかっぴらいたね。

「言いたくない」

驚いたね。禅人が親に反抗したのなんて初めてさ。

あたしはよくも悪くも、胸の鼓動が速くなるのを感じたよ。

「いったいどうしちゃったんだよ。禅人は優しい子だったじゃないか。クラスの友だちを殴るなんて、そんなひどいことをする子じゃなかっただろ」

「お父さんだって、先生の胸ぐらをつかんだじゃんか」

「あれは……やっぱり母親のいない家庭は愛情がうんぬんなんて言うから、あんたそれでも教師かって注意しただけ……いや、お父さんが悪いな……ごめん、禅人。お父さんには怒る資格がない……」

柳父子がともに怒りをあらわにしたなんて、それこそ信じられなかったね。

ひとまず話を聞いてわかったのは、禅人が学校の友だちを殴ってケガをさせた、頼通が学校に呼びだされて教師ともめた、ってことさ。

それでまあ、怒れる立場じゃない頼通は、最後にこう言ったよ。

「やっぱり禅人が友だちを殴ったのも、お母さんがいないことが理由か？　……ごめんな、さびしい思いをさせて」

すると禅人が、いきなり立ち上がってね。

両目いっぱいに涙を溜めて、なにも言わずに走って出ていったんだ。

あたしはしばらくぽかんとして、それからはっと気づいて叫んだよ。

「ニャン吉、禅人を追いかけな！」

ニャン吉っていうのは、当時の組にいた見習いの子でね。

頭はいいし、礼儀も正しいんだけど、ケンカのほうはからっきしだった。

だからまあ、こういう仕事にはうってつけだったんだよ。

「がってんです、姐(あね)さん」

ニャン吉は威勢よく鳴くと、あっという間に見えなくなった。

それからあたしは頼通と同じくらい、そわそわそわそわ待ってたよ。

やがて禅人の行き先がわかったと、ニャン吉が使いをよこしてきてね。頼通には悪いけど、あたしはいてもたってもいられず現場へ向かったんだ。

禅人はね、漁港にいたよ。

漁港って言ってもいわゆる跡地で、いまはコンクリートの小さな埠頭が残ってるだけのところさ。

ああ、あんたは知ってて当たり前の話だったね。

ともかくそんな場所で、禅人は膝を抱えて海の向こうの富士山(ふじさん)を見てたのさ。

不思議だったのは、禅人を見張っているはずのニャン吉がいなかったことだよ。まあ役目は十分果たしてくれたし、いまはそれどころじゃないってね。

あたしは昔そうしていたように、禅人の隣で丸くなった。

「タマ……ぼくが泣いていると、いつもきてくれるね」

あたしの額を撫でながら、禅人は笑顔を見せてくれたよ。

ちょっと、なにがおかしいんだい。

三毛猫の呼び名はミケかタマって、昔っから相場が決まっているだろう?

立派な飼い猫さまと違って、人が野良や地域猫を呼ぶときは、こった名前なんてつけやしないんだよ。ニャン吉よりはよっぽどましさ。

まったく、話の腰を折るんじゃないよ。

それで、どこまでいったっけね。ああ、そうだ。

あたしはそこで、禅人とおしゃべりを始めたのさ。

まあいつもみたいに、聞き役だけどね。

「お父さんと、初めてケンカしちゃったよ」

「悪いことじゃないさ。仲直りって知ってるかい？」

そう鳴いてやると、まるであたしの声が伝わってるみたいに禅人は言ったんだ。

「仲直りは、無理かも。ぼくはお父さんを、傷つけたくないんだ」

「あんたが友だちを殴ったのは、母親じゃなくて頼通のことが原因かい？」

この問いかけには、禅人は答えてくれなかったよ。

それからしばらくなにも言わず、禅人はずっとあたしの背中を撫でてた。

さて、どうしたものかね。

漁港跡地へ頼通を連れてくることは難しくないけど、それで問題解決とはいかなそうな雰囲気だよ。

せめてあたしが人の言葉をしゃべれて間に入れれば、うまく仲直りに導いてあげられそうなんだけどね。

「ああ、猫の自分がもどかしい」

そんな風に鳴いたのは、後にも先にもそのときだけだよ。

「姐さん」

声が聞こえて振り返ると、どこかに消えていたニャン吉が戻ってきてた。

「あんた、どこいってたんだい」

「すいやせん。ねぐらで聞いた限り、父子の問題がこじれそうだったんで。さしでがましいかと思いやしたが、仲裁に向いた人間を連れてきやした」

三下言葉を話すニャン吉の後ろには、うっすら見覚えのあるじいさんがいたよ。

「やあ、こんにちは」

じいさんはあたしを見ながら、にっこり微笑んだっけ。

「……こんにちは」

答えたのはもちろん、あたしじゃなくて禅人だよ。

「きみは、お父さんとケンカしたのかい」

じいさんの言葉に、禅人は口をぽかんと開けてたね。

その開いた口からやっと出てきた言葉は、

「なんで」

たったそれだけさ。

「子どもが膝を抱えて海を見るときは、親子ゲンカって決まってるんだ」

じいさんの答えを聞いて、あたしはニャン吉を見たよ。

「姐さん。綾野のじいさんは、どうもあっしらの言葉がわかる節があります。本当にわかっているかは定かでないですが、伝わっちゃあいるんです」

それであたしも思いだした。

このじいさんは島の真ん中辺りに住んでる、人のいい老夫婦だってね。

あたしも一、二度、施しを受けたことがあったんだよ。

島に住んでる人間は、みんな顔と家族構成くらいは知ってるもんでね。

だから親子ゲンカと言う前に、綾野のじいさんが「お父さんとケンカした」って断じたのは、まあ不思議でもないよ。

おかしいのは、ケンカがあったと知ってること自体さ。

「おじいちゃんも若い頃は、よく息子とケンカしたよ。その息子は、孫とケンカしてるらしい。親子ってのはぶつかるもんさ。落ちこむほどのことじゃあない」

それはもう言ったよと、あたしは心の中で鳴いたっけ。

「うん。でも……」

禅人はなにかを言いかけて、思い直して口をつぐんだ。

「きみは、自分のひいおじいさんのことを知ってるかい」

なんの話だという具合に、禅人はまたぽかんとしてたよ。

それでも禅人は、見ず知らずのじいさんと話す優しさがある子さ。

「……いえ、ぜんぜん知りません」

「そうかね。じゃあ忘れておくれ」

頼通みたいな芸人じゃなくても、おいとつっこみたかったね。

「なんですか。気になるじゃないですか」

「気になる、と言えばね。きみみたいにまっすぐな目をした子が友だちを殴ったってことが、おじいちゃんには信じられないなあ」

「だってあいつが、お父さんのことを……」

売り言葉に買い言葉というか、口車に乗せられたというか。

禅人はぽろっと、殴った理由を言いかけたよ。

「うん」

綾野のじいさんは急かさずに、海を見ながらのんびり続きを待ってた。

すると観念したのか、禅人がぽつぽつしゃべり始めてね。

話を聞き終えると、綾野のじいさんはこう言ったよ。

「そうかい。だったらきみにできることは、ひとつだ」

するとと禅人が、うつむいて言ったのさ。

「いまの理由を、お父さんに話すことですか」

そんなことはわかっているけど、って顔だったね。

「いいや。理由なんて言わなくていい。友だちを殴ったことを一緒に謝ってくれと、お父さんに頼むのさ」

禅人は意外そうな顔をしたけど、最終的にそれが道理と判断したみたいだった。

「でも、ぼくが殴ったわけを話さないといけなくなります」

「そりゃあ、お父さんも知りたいだろうさ。でも親ってのはね、子どもを信じるというより、子どもを信じてる親を見せたいんだよ」

この言葉、当時のあたしには意味がわからなかったね。

「だから『理由は聞かずに一緒に謝って』と頼めば、お父さんは神妙な顔をして、『わかった』ってうなずいてくれるさ」

なんだそりゃって話だけどね。この後に禅人が家に帰って話すと、頼通は綾野のじいさんが言った通り、神妙な顔をして「わかった」ってうなずいたんだ。

それもたまげたけど、もっと驚いたのはそのあとさ。

柳父子が殴った友だちのところに謝罪に出かけると、途中でまさにその友だちと親にばったり会ったのさ。

「ちょうどいまから、お宅に謝罪に」

なんて、両方の親が同じこと言ってね。

両方の親の話を整理すると、こういうことさ。

学校の休み時間、禅人と友だちはいつものようにふざけてたんだ。

テレビで見るような、芸人の言葉づかいでね。

そのとき禅人の友だちが、うっかり言っちまったのさ。

「でもおまえの父ちゃん、売れない漫才師ですから！」

聞き流せなかったのは、禅人が悪いよ。

でもまあ、おふざけの範疇を超えた友だちも悪いね。

ただどっちの親もそれなりに人間ができていたから、お互いぺこぺこ謝ってそれで手打ちになったとさ、ってね。

その帰り道、頼通はぐっと禅人の肩を抱いてね。

父ちゃん絶対売れるからな、なんて陳腐なことは言わなかったよ。

夕陽の中を、いい大人が、ただ泣きながら歩いてた。

禅人も禅人でなにも言わず、親子でおんなじ顔して泣いてたね。

あたしも思わずもらい泣きしたけど、悔しくもあったよ。

そばにいて話を聞くだけじゃ、もう禅人を助けてやれないんだってね。

綾野のじいさんは口がうまいし、たぶん禅人の友だちの親にも、話を通しにいってたんだろう。

あたしがその役をやりたかったって、そう歯噛みしたのさ。

とはいえ、あたしは猫だ。不相応なものを望んじゃいけない。

あたしはすでに、大きなものを失っちまったんだ。

だから柳父子に対して、執着しちまったんだろうね。


それからは……なにかあったっけね。

まあひとまず、島は平和になったよ。

長く続いた野良たちの縄張り争いが、ようやく終わったんだ。

その話は知ってるって？

ああ、そうだろうね。じゃあ柳父子の話をしようか。

頼通も禅人も、助けあいながらうまくやってたよ。
そういえば、印象的な話がひとつあるね。
あるとき頼通が、早く帰ってきて夕食を作ったんだ。
その頃には売れっ子とまではいかないが、芸の仕事が増えたみたいでね。
夜遅くに交通整理するようなことは、もう減っていたのさ。
それでまあ、在りし日の母親がよく作っていた料理を夕食に出したんだよ。
キャベツと卵を炒めたやつで、名前なんてない家庭料理さ。
ところが口にした禅人が、「なんか違う」と言うんだよ。
母親が亡くなったのは、禅人が五歳のときさ。
味を覚えてるってことは、さすがにないよ。
とはいえね、別にケンカになったりはしなかった。
「じゃあお父さんが料理を教えるから、一緒に母さんの味を再現しよう」
なんてね。
時間があるときは父子で台所に立って、がちゃがちゃやってたよ。
こういう言いかたは、よくないかもしれないけどね。
あたしには、母親がいないからこそ父子の絆が深まっているように見えたよ。

結局あの料理は、再現できたんだっけね。

ああ、そうだ。あれは「サラダ」になったんだ。

五歳の坊やにとっては、「味」よりも「皿」のほうが印象深かったのさ。禅人が料理中に「皿だ」と思いだして、頼通がドレッシングを用意したのはおかしかったね。

まあそんなことも、最近ではめっきり減ったよ。

なに、悪いことでもないさ。

頼通が忙しいのはさっき言ったけど、中学生になった禅人もまあ多忙でね。

スマホっていうのかい？　あの小さな板を、頼通からもらったんだよ。もの自体は先輩芸人からのお下がりらしいけどね。

それでほら、前にケンカした子がいるだろう？

あの坊やは、いまでは禅人の一番の友だちでね。

島のあちこちで、ふたりでぺちゃくちゃしゃべっているのを見かけるよ。

その子からいろいろ教えてもらったらしいんだけど、禅人は家に帰ってきても、ずっとスマホを熱心に見てるのさ。あたしにはなにが楽しいのかわからない、というかテレビとの違いもちんぷんかんぷんだよ。

まあね、猫に人間のぜんぶが理解できるとは思っちゃいないさ。

それでもね、なにか妙だって感覚だけはわかるもんだよ。

その日の禅人は、学校から帰ってきたと思ったらやけに思いつめた顔でね。

なにか悩みでもあるのかと、あたしは縁側に上がりこんだよ。

禅人は頭を撫でてくれたけど、いつもみたいに心の内は語ってくれなかった。

そうこうする間に、頼通が仕事から帰ってきてね。

ふたりで夕飯を食べながら、いつものように談笑していたよ。

禅人が話を切りだしたのは、食後さ。

「お父さん、一生のお願いがあります」

そんなことを軽々しく言う子じゃないから、頼通は思いきり構えてたね。

「お、お父さんにできることだと、いいなあ」

「パソコンが欲しいんだ」

禅人の言葉を聞いて、頼通はいくらか安堵してたよ。

「そりゃあ中学生になったんだから、欲しいもののひとつやふたつあるよな」

そんな顔だったね。

「いくらくらいだい」

こんな古い家に住んでいるくらいで、頼通にはその手の知識がないみたいでね。なんの気なしにそう聞いて、次の瞬間には目を飛びださせてたよ。

「二十万くらい」

「そっ、それはさすがに……二万くらいで、中古のパソコンってないものかな」

テレビに出るような売れっ子じゃあないから、まあ裕福な家ではないよ。それでも芸だけで食っていけてるんだから、頼通も立派なもんさ。

「お父さん、無理ならいいんだよ。最近は仕事の調子がいいみたいだから、もしかしたら生活にちょっと余裕があるかも、でも探り探りで聞くよりは、ストレートに伝えたほうがいいかなって思っただけなんだ」

そのときの頼通の、申しわけなさそうな顔ったらなかったよ。

「すまない、禅人。二十万はさすがに……」

「こっちこそ、ごめん。ぼくの想像力が足りなかった」

ふたりともわかりあってはいるけれど、銭のことだからね。

言ってみないとわからないと、お互いが思ってたんだろうさ。

それで父子そろってしょんぼりしたものの、このときはこれで終わったんだ。

あたしが問題に気づいたのは、数日たってからだよ。

ぼんやりスマホを見ていた禅人が、突然それをあたしに向けたんだ。

カシャっと音がしたから、カメラみたいに写真を撮ったんだろうよ。

これまでにも、そういうことはなんどかあった。

スマホをもらったばかりのときとかね。

あたしらは撮られることに慣れてるけど、禅人は初めてだったから大はしゃぎしてたのを覚えてるよ。

でもこのときは、あたしを撮るって感じじゃなかったんだ。

うまく言えないけど、悪いことをしているときの感じでね。

あたしはね、なにかよくないことが起こるときにヒゲがぴんと張るんだよ。

このときも、凍ったみたいにヒゲがまっすぐ固まったのさ。

それから禅人を見ると、なにか苦しそうな顔だったよ。

でもあたしにはなにも聞かせてくれないし、頼通に話そうとする素振りもない。

いやな予感はするものの、あたしにはそれがなにかわからない。

こういうときに頼れそうな人間を、あたしはひとりだけ知ってた。

過去形なのは、綾野のじいさんはすでに他界したからだよ。

それでもニャン吉なら、なにか知っているかもしれないだろう？

そう考えて、数年ぶりにあいつに会うことにしたんだ。

1

　今日は稲村も遊びにきていたので、ふたりで中秋の名月を見上げていた。

　一日の営業を終えて家に帰ってきた夜、俺は縁側でコーヒーを飲む。

　うさぎが餅をついているように見えるか？　見えないよね。ヨーロッパではカニに見えるらしい。だったら猫にも見えそう。

　そんな他愛ない話をしながら、俺は兼ねてから考えていたことを口にした。

「稲村、近いうちに食事に行かないか」

「ええと、それはデートってこと？」

　稲村は半分笑ったような顔で、少しだけ眉をひそめている。

「そういう側面もある」

　俺の返答に、居間の畳で丸くなっていたワガハイがあきれた。

「唐変木(とうへんぼく)め。コミチはクロケットに弟子入りしたらどうだ」

　ワガハイはよく、「たまにはふたりで逢い引きしてこい」と俺をけしかける。

稲村は頻繁に江の島に遊びにきてくれるが、俺は仕事をしているか猫に手を貸しているかで、たしかに恋人らしい時間をすごせていない。

いつも顔を見ているからあと回しにしている、というわけではなかった。

ふたりとも江の島が好きで、ここで見る景色が気に入っている。

食事をするにも野菜や海産物が新鮮で、洒落たカフェだってある。

わざわざ遠出をする必要性を感じず、稲村も特に不満がないようなので、問題として意識したことがなかった、というのが本音だった。

「じゃあ綾野くんの目的は、食事に行くお店そのものなんだね」

稲村は苦笑していたが、機嫌を損ねた風でもない。

「ＥＮＧＡＷＡの営業日以外ならいつでもいい。稲村の都合を教えてくれ」

「でも綾野くん。営業する日、増やしたよね」

初期費用が安くすみ、家賃がかからないという移動カフェスタイルのおかげで、安定した利益が出始めていた。

金策に追われる必要がなくなった結果、俺はデリバリーのバイトに出ていた時間のほとんどを営業日に回している。

「営業日も増えたが、休日も増えたんだ」

厳密には完全なオフではなく、猫たちの悩みを聞く日を設けた。

よく働いてくれる招き猫たちへの利益還元が目的だが、差し迫った相談というのはほぼない。だいたいは縁側で、にゃーにゃーと愚痴を聞くだけだ。

「ちょっと確認してみるね」

稲村がスマホを操作する。スケジュール管理のアプリには、俺がSNSで告知している一週間の営業予定も登録してあるようだ。

「近いところでオフが一致する日は……ない、かな……」

「稲村嬢……なんとも不憫である」

がっかりと肩を落とす稲村の膝に、ワガハイがぽんと手を置いた。

「ごめんね、綾野くん。そのお店を仕事の参考にしたいとかなら、ひとりで行ったほうがいいかも」

「いや、稲村と一緒でなければ意味がない。俺も来週のスケジュールを見直すよ」

ふたりで調整したところ、十日後に都合があいそうだった。

「珍しく熱心であるな、コミチ。まさかプロポーズでもする気か」

ワガハイが半分閉じた目で、うさんくさそうに俺を見上げる。

稲村も同じように感じたのか、不安そうに尋ねてきた。

「綾野くん。もしかして……大事な話があったりする？」

「俺にとっては大事なことだ。だが稲村が気負う必要はない」

稲村は少しおびえたような顔をして、すぐに「そっか」と微笑んだ。

「無神経め。そう言われて、気負わぬ人間がおるものか」

くしゃみをする直前のような顔で、ワガハイがまたあきれる。

「実はわたしも……綾野くんに話したいことがあるんだけど」

稲村が、ぽつりと言った。

「聞こうか」

稲村は一瞬ためらい、それから首を横に振る。

その瞬間、ワガハイがむくりと立ち上がった。

「なんなのだ、コミチも稲村嬢も！　吾輩か？　吾輩がいるから、ふたりともしっぽり話せないというのか！」

「違うよ。ワガハイがいるからとかじゃなくって、心の準備がいるってだけ」

稲村がくすくす笑い、荒ぶるワガハイの眉間を撫でた。

「もしかして稲村嬢は、吾輩の声が聞こえているんじゃないか……？」

ワガハイは複雑な顔をしつつも、目を閉じて気持ちよさそうにしている。

俺に限らず、猫の心理を察する人間はそれなりにいた。

これは俺の考えかただが、人が猫に理解を示すようになったわけではなく、時代とともに猫が人間に似てきたのだと思う。

稲村は猫だけでなく、人に対しても気配りができるタイプだ。

「ひっ」

突然、ワガハイが喉の奥で鳴いた。

「ごめん、痛かった？」

稲村が慌てて謝るが、たぶんそういうことではない。

ワガハイは二本足で立ち上がり、目を点にして庭を見ている。

「久しぶりだねえ」

庭に一匹の猫がいた。老いた三毛だが目つきは鋭い。

「あたしのことを覚えてるかい、ニャン吉」

「ニャン吉？」

思わず声に出し、ワガハイを見る。

「あっ、姐さん。お久しぶりでやんす」

「やんす？」

唐突なワガハイの三下口調に、また反応してしまった。

「それじゃあ、綾野くん。わたしはそろそろ帰るね」

ただならぬ空気を察したのか、稲村が立ち上がる。

「駅まで送る」

俺もサンダルをはいて庭に降りた。

「ううん、平気。綾野くんは、ニャン吉ちゃんの話を聞かなきゃでしょ？　でも面白いね。女の子なのに、ニャン吉だなんて」

俺がつぶやいたせいで、稲村は「ニャン吉」を三毛の名前だと思ったらしい。基本的に三毛は雌だけで、稲村もそれを知っている。

「いや、送るのは問題ない。あの猫は俺じゃなく、ワガハイに用があるみたいだ」

俺が答えると、三毛が「へえ」と鳴いた。

「ニャン吉。あんたいま、ワガハイって名乗ってるのかい」

「へ、へい。すいやせん」

ワガハイが鯱張(しゃちほこば)って、なんどもうなずいた。

「じゃ、ワガハイ。留守番を頼むぞ」

「う、うむ。行くがよいでやんす」

俺は笑いをかみ殺しつつ、稲村を駅まで送った。


「戻ったかい、小路。悪いが上がらせてもらってるよ」

家に戻ると、二枚重ねにした座布団の上に三毛が座っていた。

人間だったら偉そうにとなるが、猫はだいたいこんなものだ。

「久しぶりに、正しく名前を呼ばれたな。ワガハイ、紹介してくれるか」

「むう……姐さんは、かつて吾輩が世話になった猫である」

奥歯にものがはさまったように、ワガハイはどこか所在なさげだ。

「世話なんてしてないよ。ニャン吉が組にいたのは、ほんのつかの間さ。争いは無益だとかなんとかいって、すぐに出ていっちまったからね」

三毛が送った視線の先で、ワガハイは縮こまっている。

どうも頭が上がらない相手らしいので、俺が話したほうがよさそうだ。

「とりあえず、俺も『姐さん』と呼んだほうがいいか」

「よしとくれ。人間はあたしを『タマ』と呼ぶね。あんたのじいさんもさ」

ワガハイ以上に、島で一目置かれている猫が何匹かいる。

たしかそのうちの一匹が、「タマ」だったと思いだした。

「じゃあ、タマさんと呼ばせてもらうかな」

「あんた、変わった人間だねえ。猫に『さん』だなんて」

しかし悪い気はしないようで、タマさんは心持ちあごを上げている。

「じいちゃんの知りあいで、ワガハイも世話になった猫なら当然敬意を払うさ。ところで二匹が所属していた『組』というのは、どんな組織だったんだ」

「そっ、そのくらい吾輩が説明する！」

あたふたと引き継いだワガハイによると、ほんの数年前まで島の猫たちには縄張り争いがあったらしい。

その中で最終的に最大勢力となるのが、ジョバンニという猫が率いた一派だ。

かつてはタマさんやワガハイも、そこに属していたという。

「島にきたばかりの頃、吾輩はジョバンニに恩を受けたのだ。それから使いっ走りとして群れに加わったが、やがて追いだされた」

当時のワガハイは、ボス猫ジョバンニにこう言われたそうだ。

「『ニャン吉。どうやらてめぇは頭が悪くない。だからどこにも属さねぇカタギの猫たちを、その知恵で守ってやってくれ』とな」

しかしワガハイが組織を出るとすぐ、島に平和が戻ったという。

「ジョバンニが逝ったのだ。若くはなかったが、頑強な猫だった。ジョバンニは病をみなに隠し、海でひっそり孤独に朽ち果てた」

そこでタマさんが、はんと嘲るように鳴く。

「それで組織は散り散りさ。うちだけじゃなく、ほかのところもだよ。みんな牙を抜かれたみたいに、おとなしくなっちまった。なぜかって？　ジョバンニが自分の死と引き換えに、和平交渉をしてたのさ。知らないのは、あたしらだけだよ」

タマさんはもう一度、はんと鳴いた。

「小路、昔話はもういいかい？　今度はあたしが頼む番だ」

「ああ、聞こう」

俺はタマさんに向き直る。

「あんたもじいさんと同じく、猫に手を貸してくれるってのは本当かい」

俺を名前で呼んだくらいだし、ワガハイからある程度は聞いているようだ。

「ああ。じいちゃんが、どんな風にやっていたかは知らないが」

「鮮やかだったよ。なにしろ今日まで、あたしはじいさんが猫の言葉を理解してるとは知らなかったからね。やたら勘がいいとしか思ってなかったよ」

以前にワガハイからも、同じ告白をされたことがある。

「猫の言葉などわからない。じいちゃんのように、そう振る舞うほうが正しかったかもしれない。だがもういまさらだ。俺は腰を据えて猫たちと話すよ」

「気に入ったよ。ところでその子は、なんて名だい」

タマさんが俺の頭上を見て、訝しむように目を細めた。

「つむじだ。猫と俺以外の人間には見えないらしい。飯も食わない」

「だろうね」

「タマさんは、なにか知ってるのか」

少しだけ、返答に間がある。

「……いいや。まあ危険な子じゃないよ。あたしのヒゲもゆるんでる」

それがなにを意味するのかわからないが、つむじの話はそれきりになった。

「じゃあ早速だけど、あたしの話を聞いてくれるかい」

そうしてタマさんが語り始めたのは、ある父子家庭の物語だった。


「なんと……姐さんが、ずっとあの親子を見守っておったとは……」

ワガハイが声をつまらせ、せわしなく顔をこすっている。

話の中でワガハイは、俺のじいちゃんとタマさんを引きあわせていた。

その後に組織を抜けたワガハイは、「草見した」という小説家と暮らしている。うちの居候になったのはそのさらにあとだ。

二匹とも隠居に近い生活ならば、小さな島でも邂逅（かいこう）の機会はなかっただろう。

「腐れ縁さ。そういうわけだから、小路。禅人の様子を見てやっておくれ」

それがタマさんの頼みであるらしい。

「話はわかった。しかしスマホで撮影されたというだけでは、胸騒ぎがするようなことでもないんじゃないか」

たとえば新しいカメラアプリを入れたから、ためし撮りに猫を写してみる。

そんなことは、世界中で毎秒起きているだろう。

「いや、コミチ。姐さんが言うなら、きっとなにかある。なにしろ姐さんは――」

「ニャン吉は、ずいぶんおしゃべりになったねえ」

タマさんが言葉で制すると、ワガハイが蒼白の顔で固まった。

「タマさん。あんまり俺の相棒をいじめないでくれ」

「違うのだ、コミチ。いまのは吾輩の失言だ。久しぶりに姐さんに会って、浮かれていたのかもしれん。姐さん、続けてくだせえ」

今日のワガハイは、なにからなにまでいつもと違う。

しかしタマさんを恐れつつも、来訪をいやがっているようではない。

「そうしようか。小路は『胸騒ぎがするようなことでもない』と言ったね。でも禅人はまだ子どもだよ。大人の基準じゃ判断できないさ」

その通りだが、俺が気になったのはタマさんの様子だ。

必要以上に過保護というか、疑わしき芽をすべて摘もうとしているように思える。言い換えるなら、なにかに焦っているように感じられた。

「わかった。判断は保留して話を進めよう。禅人くんの最近の様子は」

「家に帰ってからは、ずっとスマホを見てるね」

「なにを見ているか知りたい。わかるか、タマさん」

「いろいろだよ。ゲーム？　だったり、人がしゃべっているのだったり」

禅人くんはパソコンを欲しがっていて、その価格を二十万と明確にしていた。

単に動けばいいというものなら、もっと安価でいくらでもある。

「俺も詳しいほうじゃないが、その金額だとかなりハイスペックなパソコンが欲しいんだろう。オンライン対戦をするゲームでは、マシンの性能でかなり差がつくと聞いたことがある」

「もう少し、猫でもわかるように言ってほしいね」

「簡単に言えば、禅人くんは最新のゲームで遊びたいんじゃないか」

「うむ。見ているとやりたくなるからな、あれは」

ワガハイは猫のくせに、肉球でタブレットに触れてリバーシをたしなむ。

「だとすると、安物のパソコンでは意味がない。どうにか稼ごうとなるだろう。しかし中学生ではバイトができない」

「うむ。非合法に走る可能性が出てきたな。さすがは姐さんである」

ワガハイが、露骨にタマさんを持ち上げた。

「禅人くんは、SNSをやってたりしてないか」

半ば予想していたが、タマさんはきょとんとしている。

「SNSは説明が難しいな……タマさん、禅人くんがよく見ていたスマホの画面を、ほかにも覚えてないか。たとえば水色のアイコンのアプリがあったとか、紫色のカメラのようなマークがあったとか」

「若いもんの言うことは、なんもわからん」

さっきまで姐さんらしかったのに、急におばあちゃんになってしまった。

「コミチ、しっかり翻訳せよ！」

ワガハイに責め立てられていると、タマさんが「カメラ」と思いだす。

「ついこの前、虹が出ただろう？　禅人はあれを、カシャっとやってたね」

江の島は虹の名所としても知られていた。観光客を中心に、撮影した虹の画像をSNSに上げる人間は多い。

「なるほど。探してみるか」

SNSをふたつほど、「江の島　虹」で検索してみた。

「山ほど出てきたな。コミチ、どうやって絞りこむのだ」

俺の手元をのぞきこみ、ワガハイが催促する。

「……なんもわからん」

情けないが、俺はそこまでSNSを使いこなせない。

「じゃあどうするんだい、小路」

タマさんが目つきを鋭くさせた。

「とりあえず、明日にでも詳しい人間に聞いてみる。それでもだめなら、じいちゃんがやっていたみたいに直で接触するしかないな」

それでいいよと、タマさんがうなずく。

「じゃあしばらくは、この家でやっかいになろうかね」

ワガハイが目を見開いて固まったことは、言うまでもない。

2

今日は病院前での出店だったので、必然的に客足は多かった。

ＥＮＧＡＷＡの来客数は、平均して一日に十五人。

仲見世付近や今日のように人通りが見こめる場所だと、その倍以上になる。

とはいえ店のコンセプトは猫とのんびりしてもらうことなので、お客さんを並んで待たせることはしたくない。

苦肉の策として、満席の際には次回の割引券を渡すようにしていた。

「すみません、和田塚さん。わざわざこっちまできてもらったのに」

「あ？　別に綾野が謝ることじゃないだろ」

和田塚兄は口と裏腹に、明らかにがっかりと肩を落としている。

なにをしているのかわからない本業と、島でのエサやりボランティアの合間を縫ってきてくれる常連なので、割引券を渡すのはことさらに心苦しい。

「そうだよ、綾野さん。ブランドイメージを守ることは大事だからね。快適な時間をすごしてもらって初めて、お客さんはリピートしてくれるし」

医師の時生さんが言うと、かなり説得力がある。病院前での出店時には無理やり時間を作ってくれる人なので、こちらも申しわけなかった。

「吾輩は常連を追い返すことに反対である。恩を仇で返すようなものだからな」

招き猫の代表として、ワガハイも遺憾の意を示す。

「時間制にすることも考えたんですが、まだコンセプトからずれることはしたくないんです。俺の見通しが甘かったせいで、ご迷惑をおかけします」

和田塚兄弟に頭を下げると、足下の正太郎と目があった。

「以前に見たテレビで、カリスマ経営者が言ってました。『壁にぶつかったときは、店も人も成長のチャンス』って。悩むのも大事だと思います」

正太郎が言う通り、コンセプトと客席の問題に関してはずっと考えている。

おかげで解決策は思いついていたが、実行に移すにはまた別の問題があった。

「小路、ちょっといいかい」

目つきを鋭くしたタマさんが、正太郎とワガハイの間に座っている。

うちに居候している関係で、今日は招き猫として同行してもらった。

「あんたにとっちゃあ、店のことも大事なんだろうけどね。こんな風に島から離れっちまって、禅人のことがわかるのかい」

「すまない、タマさん。ちゃんと考えてはいるんだ。もうちょっと待ってくれ」

不機嫌な三毛猫に詫びつつ、俺は忙しく体を動かす。

以前の出店時に利用してくれた病院関係者たちが、満席のときはテイクアウトでおにぎりを買ってくれた。飲食店を支えるのは常連だとあらためて思う。

やがて午後になり、人通りが少なくなった。

そこでようやく、俺の待ち人が現れる。

「どうも、どうも。今日もＥＮＧＡＷＡは眼福ですねえ」

ひとりで食事をするのが苦手だった極楽さんは、あれ以来よく来店してくれる。通っている大学が近いこともあり、病院前の出店時には必ずきてくれた。

「極楽さんに、ちょっと聞きたいことがあるんですが」

俺はコーヒーの準備をしながら、寝転んでいた正太郎に手招きする。

「うわ、珍しい。店長さんが世間話してくるなんて……はわーん」

したたと走ってきた正太郎を見て、極楽さんが幸せそうな顔になった。

「別に話すのがきらいなわけではないんですが――」

「ストッピッ！　わかります。わかりますとも。それもＥＮＧＡＷＡのコンセプトですもんね。寡黙（かもく）なイケメン店長も、猫みたいなもんですもんね」

後半部分がよくわからないので、俺は聞きたかったことを尋ねた。

「ＳＮＳのアカウント特定……？　いやいや、それはさすがに無理っすよ。よっぽど個人情報を出してる人じゃないと」

極楽さんが、ぶんぶんと首を横に振る。

「なにか人を探すコツのようなものはないですか。江の島、虹、それから名前で検索してみたが、どうにもならなかった。もちろん悪用はしません」

「そこは疑ってませんよ。店長さん、こんなに猫に好かれてるんですから」

空を飛ぶポーズの正太郎を見て、極楽さんがまた鼻の下を伸ばす。

「ちなみに店長さん、タグ検索はしました？」

俺はワガハイと顔を見あわせ、互いに首を傾げた。

「ＳＮＳによっては、語句よりもタグで検索したほうが……って、説明はいいか。たとえばですね、中学生がよく使うタグで……」

極楽さんがぶつぶつ言いながら、スマホの画面をスワイプする。

「これとか、ぼくないです？　画角が観光客らしくないし」

極楽さんが見せてくれた画面には、民家の洗濯物越しの虹が映っていた。

「コミチ。どんな案配だ」

足下でワガハイがぴょんぴょんと跳ねる。俺は極楽さんをまねて検索してから、自分のスマホを空いているベンチの端に置いた。

「これは柳の家だね。柄パンも頼通のさ」

画像を確認したタマさんが、お墨つきをくれる。アカウント名も「ＺＥＮ」のあとに数字が連なったものなので、かなりの有力候補だろう。

「このアカウントの、ほかの投稿も見てみよう」

投稿数自体は少ないものの、ほとんどすべてが江の島の景色だった。

そのうちの海を撮影した一枚に、「パソコンがほしいけどお金がまるで足りない」とメッセージが添えられている。

「店長さん。それ、コメントついてるんですよ。『ＤＭした』って。ＤＭっていうのはダイレクトメッセージの略で、クローズドな意見交換ができます」

一応それくらいは知っていたが、極楽さんが話すに任せた。

「ＤＭの内容はわかりませんけど、コメントしてるのは捨てアカ――新規に作製したアカウントですね。ＺＥＮだけだと男か女かわからないんで、その手のメッセージを送った可能性が高いっす」

「コミチ、姐さんに通訳せよ」

ワガハイに請われ、俺は頭の中で情報を整理した。

「禅人くんを女性と思いこんだ人物が、よからぬ勧誘をしている？」

極楽さんが、「そっす」と肯定する。

「それなら問題はないね。禅人は立派な男の子だよ」

取り越し苦労でよかったよと、タマさんがほっと息を吐いた。

「とりあえず、本人にそれとなく当たってみるか。ありがとう、極楽さん」

お礼代わりに、ワガハイの二足歩行でも披露すべきだろうか。

「なんもなんも。それより店長さん。その子、新顔ですね。お名前教えてもらっていいです？　あと撮らせてもらっても？　肉球をもんでも？」

極楽さんがメガネ越しに、きらきらした目をタマさんに向けた。

「なんだい、この娘。あたしを撮る気かい」

タマさんは少し狼狽したが、俺が目礼するとストレッチを始めた。

「まあ手を借りたからには、しょうがないね」

渋々の口ぶりながら、満更でもなさそうだ。その後のタマさんはうらめしやポーズを取ったり、肉球をさわらせたりして、極楽さんをおおいに喜ばせた。

「姐さんの若い頃は、クラベルに勝るとも劣らぬ美しさだったからな」

ポーズを決めるタマさんを見て、ワガハイがなつかしそうに目を細める。

「ワガハイも、まいっていた手あいか」

「馬鹿者。懸想(けそう)など畏れ多いわ」

否定をしたわけではなさそうだが、これ以上は野暮だろう。

ワガハイはそっとしておき、俺は禅人くんの問題を考えることにした。

──まず禅人くんは、高価なパソコンを欲しがっている。

しかし先立つものがない。それをSNSで発信したところ、あやしい新規アカウントと交流を持った。

──タマさんは、妙なタイミングで自分を撮影されたと言っている。

そのきなくささが、ここで結びついた。

SNSで子どもに対し、自撮りを要求する大人はいる。極楽さんもその手のメッセージを送られたと考えていたし、そう疑っておくべきだろう。

──だがタマさんが言ったように、少年だから大丈夫という話ではない。

注意喚起をするためにも、一度は接触しておいたほうがいいと結論した。

「問題は、どうやって禅人くんと交流を持つかだな」

つぶやくと、ワガハイが反応する。

「コミチは男で、無駄に身長(たっぱ)があり、おまけに愛想のない仏頂面だ。綾野のじいさんのようにひょいひょい近づけば、間違いなく警戒されるだろう」

「手厳しいな。一応これでも客商売をやってるんだが」

「どう考えても猫のおかげである。とはいえ内面はましであるから、それこそ『えすえぬえす』でつながればよいのではないか」

なかなかに的を射た意見だが、それが簡単というわけでもない。

「顔が見えなければ見えないで、警戒されるんだ」

「『簡単に稼ぐ方法がある』、などと持ちかければそうであろうな。しかし禅人少年が欲しているのは金ではなく、ぱそこんである」

「……たしかにそうだ。今日のワガハイは冴えてるな」

指摘に従って、視点を変えて考えてみる。

するとひとつ、妙案と言えるものを思いついた。

「筋肉は、本当になんでも解決してくれる」

俺は昔を思い返し、くつくつと笑ってしまう。

「どうした、コミチ。いよいよ脳みそまで筋肉になったか」

ワガハイが戦慄の二足歩行で後ずさり、頭上のつむじもふるふると震えた。

「そうかもな」

気味悪そうにしているワガハイの横で、俺はSNSのアプリを起動して禅人くんのアカウントにコメントをつけた。

正太郎を時生さんに返し、店じまいを始めていると、スマホに通知がくる。

三往復ほどメッセージのやりとりをした結果、思った以上にうまくいった。

「じゃあ帰るか。それから明日、店に禅人くんがくるぞ」

唖然としているワガハイとタマさんをリヤカーの後ろへ運び、俺は江の島へ帰るべく自転車を漕いだ。

3

平日の夕方ともなると、神社のような観光地にも人はあまりこない。

代わりに猫はそこかしこにいて、境内(けいだい)、本殿、鳥居の陰にご神木の根元など、思い思いにその身を転がしている。陽射しの具合がちょうどいいらしい。

「さっきも一匹、新顔の猫が驚いて聞いてきたぞ。なんであの人間、ずっと頭に子猫を載せてるんですかと」

狛犬（こまいぬ）の台座に体をもたせかけ、ぐでんと腹を見せながらワガハイが言った。

「俺はもう慣れてしまったが、それが普通の反応だろうな」

頭上に人差し指を伸ばすと、つむじが「にー」とじゃれついてくる。

俺が仕事をしているときも、家で風呂に浸かっているときも、白い子猫はずっと頭の上に乗っていた。重さはまるで感じないが、動けばきちんとわかる。

子どもの頃に俺が泣くと、ばあちゃんが頭を撫でてなぐさめてくれた。

つむじも同じように、俺の頭をたしたしと触ってくれる。

だから当初はばあちゃんの守護霊的な存在だと思っていたが、いまは神の使いなのだろうと腑に落としていた。

つむじのおかげで、俺は「人の手」として猫の言葉を理解できる。そんな風に考えたわけだが、引き離してもすぐに戻ってくるので検証はできていない。

「人にも見えたら、ＥＮＧＡＷＡはますます人気になるであろうな」

つむじは飯も食わない、毛も抜けない、子猫のままで成長しない。

俺にとってあまりに都合がよすぎる存在なので、それこそ和田塚兄が言った「イマジナリー猫」かと思うことはある。

しかし猫たちには見えているというのだから、いよいよ謎の存在だ。

「コミチ、禅人少年がきたようだ――姐さん、きたでやんす」

神社の階段を上ってくる姿を見つけ、ワガハイが起き上がって鳴いた。

「ああ。見えてるよ」

茂みの中から、タマさんがにゃーんと鳴いて返す。

禅人くんの様子は知りたいものの、姿は見られたくないらしい。猫のタマさんが俺に相談したと思われると変なことになる、ということらしかった。

「あの、メッセージをもらったZENです」

学校帰りにそのままきたらしく、禅人くんは制服姿だった。

「いらっしゃいませ。メッセージを送ったENGAWAです」

「本当に、あのコーヒー屋さんだ」

禅人くんは物珍しそうに、自転車やカウンターを眺めている。

「コーヒーを飲めるようなら、試飲しませんか」

無料だと伝えるために、少し回りくどい言いかたをした。

「カフェオレなら」

クーラーボックスから牛乳を出し、必要な量をあたためる。

「あの、学校にパソコンを買わせる方法って、どうやるんですか」

緊張を持て余したのか、禅人くんから切りだしてきた。

「俺は高校生のとき、ひますぎて筋トレしてたんだ」

「はあ」

禅人くんは「なんか思ってたのと違う話が始まった」という顔だ。

「スポーツは興味がなかったから部活には入らなかったが、その頃は世間が筋トレブームだった。俳優や芸人が密かに鍛えた筋肉を披露するようになり、その意外なギャップに若かりし俺は憧れたんだ」

「なんと。コミチの筋肉はそんな俗っぽい理由だったのか」

ワガハイは俺のことを、世捨て人と思っていた節がある。

「基本的には家トレで満足していたが、あるときどうしてもぶら下がりたくなった。映画の中で主人公が、懸垂をして強くなるんだ」

「はあ」

「だが実家のマンションに、懸垂できそうな長押(なげし)はなかった——長押は和室の壁の上にある、ハンガーをかけられそうなところだ」

微妙にひそめられた少年の眉を見て、言葉を補足する。

「そう……なんですね」

いよいよ禅人くんは、相づちにも困り始めていた。

「近所の公園に鉄棒はあったが、ぶら下がるには低すぎる。しかたなく俺は『チンニングスタンド』を購入しようとした。『チンニングスタンド』は、ジムなんかにおいてある懸垂や各種トレーニングが行える器具だ。しかし親に反対された」

「それって、高いものなんですか」

ようやく興味を持ってくれた。

「高校生が小遣いを貯めれば買えないことはない。ただ大きいから邪魔になると、母親が特に反対した。あとから聞いたところでは、母は『ぶらさがり健康器』をタオルかけにした苦い過去があったらしい」

「それで、あきらめたんですか？」

「いいや。担任教師に相談した」

「先生に？」

禅人くんが意外そうな顔をしている。

「学生は教師というだけで反感を持つが、向こうだって元は学生だ。プライベートな相談をしても、だいたいは親身に聞いてくれる。問題が大きくなった際に責任を問われる立場だから、生徒を無視するデメリットも大きい」

俺が出会った教師はよく、「学生は教師をうまく使え。無料だぞ」と言っていた。大人になったいまはその意味がよくわかる。

「俺が相談すると、『部活を作って部費で購入』という方法を提案された。困っていたのは置き場所だけだったが、図らずも購入費用までまかなえたんだ」

「先生が、そこまでしてくれたんですか」

タマさんから聞いた話では、過去に頼通さんが教師ともめている。おそらくそこで禅人くんは、教師の見方を偏らせてしまったのだろう。

「ああ。だから俺はきみのＳＮＳを見て、『学校でパソコン部を作ってみたら』とメッセージを送ったんだ」

俺にはそういう経験がある。だから話を聞きにこないかと、あやしまれないように店の公式アカウントで連絡を取った。禅人くんが興味を示してくれたのは、自分でもできそうなことだったからだろう。

「やっと話がつながった。筋トレと言われたときは、ちょっと困りました」

緊張がほぐれたのか、禅人くんは少年らしい顔で笑った。

「警戒を解いたな。やるではないか、コミチ」

珍しく、ワガハイが賞賛してくれる。

俺にはシチリさんのようなカリスマもないし、稲村のようなコミュニケーション能力もない。営業職時代は足繁く客先に通い、腹を割り、自分を知ってもらうことで信用を得ていた。不器用で効率は悪いが、そういうことが苦ではない。

一時期は人間不信に陥って引きこもりもしたが、もともとの性格的に「人の手」は向いているのだと思う。

「俺たちの頃は、情報の授業で学校のパソコンを使っていた。でもきみたちは、学校からノートＰＣやタブレットを配布されるんだろう？」

「そうですね。めっちゃしょぼいやつです」

「それでちょっと調べてみたんだが、パソコン部を創設する中学、高校は増えているらしい。マシンパワーがないと、クリエイティブな作業ができないそうだ」

ウェブページをプリントアウトしたものを渡すと、禅人くんは大喜びした。

「すごい！　助かります。うちプリンターないんで。先生を説得するのに、ＵＲＬを送るだけだと弱いかもって考えてました」

「役に立ててよかったよ」

「ぼく、動画編集をしたいんです。あ、言い忘れてましたけど、柳禅人といいます。字は禅問答の禅に人です。すぐそこに住んでます」

いまさらのように、禅人くんが自宅の方角を指さす。

「どうも、綾野小路です。字は小さい路です。すぐそこに住んでいます」

おうむ返しに名乗ると、少年は目を見開いた。

「俺はなにか、変なことを言ったかな」

「あ、いえ。面白い人だなって。実はぼくの父も、あんまり有名じゃないけどお笑い芸人なんです。幼い頃に母が亡くなって以来、ぼくを男手ひとつで育ててくれて」

長くなりそうなので、いまのうちにとカフェオレを手渡した。

ひとくち飲んで、少年がほっと息を吐く。

「……おいしい。カフェオレって、こんなにおいしかったんですね」

話の腰を折らぬよう、俺は黙礼を返すにとどめた。

「いままで父は、自分のやりたいことなんてなにひとつせず、ひたすらぼくのために働いてくれたんです」

「立派である」

ワガハイは感心していたが、茂みの奥のタマさんからは反応がない。

「でも最近は少し余裕が出てきて、お笑いに集中できるようになったんです。だからぼくは、いままで父が使ってくれた時間を返してあげたいんです」

「はい。父はそっち方面の知識はありませんが、いずれは自分もチャンネルを開設して配信しないといけないと思っているようです」

たしかにいまは、チャンネルを持っていない芸能人のほうが少ない時代だ。

「でも売れっ子芸人さんみたいにスタッフを雇う余裕はないから、自分で撮影や編集の方法を勉強するつもりだと思います。だから今度は、ぼくが父のために自分の時間を使わなきゃって」

そこで初めて、茂みからタマさんの鳴き声が聞こえた。

「あんたって子は……」

タマさんは自分が泣くことを予想して、顔を見せなかっただけかもしれない。

「なんという孝行息子よ……！」

情け深いワガハイに至っては、両手で顔を覆っていた。

「どうしてきみは、それをお父さんに話さなかったんだ」

「言えばきっと、父はぼくに対して申しわけないと謝ります。ぼくになんの不自由もさせないということが、父のプライドですから。逆にお金のことは相談しないと、それはそれで傷つくのが父です。ちょっとめんどくさい人なんですよ」

今度の禅人くんは、大人のような顔で笑った。

そこまで考えが及ぶ少年ならば、きっとひとりで問題を解決できただろう。

あとはタマさんの気がかりを解消するだけだ。

「もうひとつ、聞かせてほしい。きみのSNSには俺がコメントする前に、『DMします』と書きこんでいるやつがいたが」

「ああ」

禅人くんが、露骨に顔をゆがめた。

「お金をあげるから自撮りを見せてっていう、クソみたいなアカウントですよ。うちに居着いてる猫の画像を送ってからかおうと思ったんですけど、それすらもったいない気がして運営に通報しておきました」

急に口が悪くなった気がするが、中学生男子の普段はこんなものだろう。タマさんは禅人くんの不快感に、不穏を嗅ぎ取ってしまったようだ。

「いまどきの中学生は、賢いんだな」

「ぼくだけですよ。だってぼくの父は、芸人ですから」

言葉が省略されすぎているので、その真意はわからない。

わからないが、これまで父子が築き上げてきた絆は感じ取れた。

「パソコン部、うまくいくといいな」

「はい。今日はいろいろありがとうございました。あ、それとひとつ」

禅人くんが、あらたまった様子で切りだす。

「実はぼく、小路さんのことを知っていたんです」

「島内に出店してるし、地元の人間なら知っていてもおかしくないさ」

それはそれとして、姓ではなく名前で呼ばれたことが気になった。

「いえ。ぼくは小さい頃、小路さんのおじいさんと話したことがあったんです。それでさっきお名前を聞いたとき、お孫さんだってなって」

タマさんから聞いた、友だちとケンカしたときの話だろう。

「じいちゃんは、俺のことをなにか言ってたか」

「小路さんっていうか、ぼくの曾祖父のことなんです。『きみのひいおじいさんは、猫の言葉がわかる人だったよ』って」

思わずワガハイと見つめあう。

「人から聞くのも変な話ですけど、おじいさんはぼくに曾祖父の名前を教えてくれました。『柳コウジ』で、『コウジ』は小さい路と書くそうです」

さすがに反応できず、俺はただ少年を見つめる。

「小路さんのおじいさんが悩みごとを抱えていたとき、相談に乗ったのがぼくの曾祖父だったそうです。『猫からあなたが悩んでいるのを聞いたんだ』って、声をかけてきてくれたんだとか」

「なんと……少年の曾祖父は『人の手』だったのか……！」

ワガハイの全身の毛が、わさわさと動いている。

「その縁でぼくの曾祖父の名前を、お孫さんにもらったって言ってました。だからぼくは会う前から、小路さんのことを知っていたんです」

それで俺が自己紹介をしたときに、禅人くんは驚いたようだ。

「もうひとつ。SNSでコメントをもらって、ぼくは小路さんのアカウントをチェックしました。そしたらお店の営業報告にタマが写っていたので、ぼくは『まただ』と思ったんです。また猫がぼくを助けてくれてるって」

顔に出かけた動揺を抑え、俺は冷静に言葉を返す。

「面白いな。きみは俺がタマ……の話を聞いて、助けにきたと思っているのか」

あやうく、「さん」をつけるところだった。

「実は、ちょっと思ってます……あ、そろそろ時間が」

はにかんだと思ったら、スマホの画面を見て禅人くんが慌てる。

「今日は本当に、ありがとうございました」

お辞儀をして慌ただしく去った少年だが、途中で「あっ」と振り返った。

「小路さん。その頭の上の猫、ぜんぜん落ちなくてすごいですね！」

俺は絶句し、しばし固まる。

我に返ったときには、少年はすでに神社の階段を下りきっていた。

「いやはや。もはやなにから語るべきかわからぬ」

ワガハイもまだ、口が開いたままだ。

「俺とじいちゃん以外にも、『人の手』がいたと考えていいのか」

「うむ。しかも世襲ではない。これはおそらく、資格と資質の問題だろう」

「資格は……島に居住していることか」

俺が猫の声を聞けるようになったのは、この島に越してきてからだ。

「おそらくは、そうであろうな。問題は資質だ」

「ワガハイ。つむじのような猫は、ほかにもいるのか。もっと言うと、じいちゃんといつも一緒にいた猫はいないか」

「いたような気もするが……思いだせんな。じいさんの頭の上に乗っていたり、会話をしたことがあれば覚えているはずだが」

赤ん坊は声を発するが、言葉をしゃべるわけではない。つむじも同じく鳴きこそするが、俺にもワガハイにも意思は読み取れなかった。

「ひとまず禅人くんには、つむじが見えていた。これは資質だと思うか」

「うむ。あの少年は猫の言葉を理解してはいまいが、話が通じそうだと思わせるなにかがある。コミチにはさほど感じぬが、綾野のじいさんにもあった」

「たとえば俺がうっかり死んだら、つむじは禅人くんのところに行く。すると禅人くんに猫の言葉を理解する力が備わり、『人の手』となる感じか」

「にー!」

ふいに、頭の上に爪が立てられた。

「見ろ。コミチが縁起でもないことをのたまうから、つむじは立腹である。吾輩もそういう冗談は好まんぞ」

「悪かった。俺だって前途ある中学生に、面倒を押しつけるつもりはない」

軽口で返したが、俺は誰かに「人の手」を頼まれたわけではない。いつの間にかそうなっていたのだから、いつそうでなくなるかもわからない。

突然ワガハイの声が「にゃあ」としか聞こえなくなるのは、俺だって好まない。

「しかしそうなると、つむじはいよいよ神の使いであるな」

「ばあちゃんの守護霊じゃないのは残念だ」

「いや、コミチの祖母の影響がないわけではないと思うぞ。子猫ではなく、縁のある先祖の魂を依り代にしているのかもしれん」

ワガハイはかつて、「草見した」という小説家の世話になっている。取材によく同行していたとかで、島の信仰や神話の類に明るい。

「よくわからないが、俺の名前がもらったものというのは驚いたな」

「うむ。冗談の質感的に、間違いなく先生の影響だと思ったのだがな」

ワガハイが世話になった草見先生と俺のじいちゃんは、創作の師弟であり、将棋仲間であり、茶飲み友だちで、ご近所さんだった。

その「草見した」というペンネームや、猫に「ワガハイ」と名づけることからわかるように、先生にはユニークなセンスがある。俺の「あやのこうじ」という姓のようなフルネームも、先生の影響だと考えられていた。

「『柳小路』さんからもらって『綾野小路』……か。さっき『前途ある中学生』と言って思ったんだが、禅人くんは『前途』、その父である頼通さんは『寄り道』に置き換えられる。このセンスは、やっぱり草見先生っぽくないか」

「……道のつながりか。偶然ではなさそうだな」

ワガハイが脱力したように、だらりとヒゲを垂らした。

「まあ次に禅人くんに会ったら、柳小路さんの墓の場所と一緒に聞いてみよう」

じいちゃんが世話になりましたと、線香の一本でもあげておきたい。

「しまった！　話に夢中で、姐さんのことを忘れておった」

慌ててワガハイが、茂みに近づいていく。

「……妙だぞ、コミチ。姐さんの姿がない」

「禅人くんが帰ったから、一緒に戻ったんじゃないか。あるいは泣き顔をニャン吉に見られたくなくて、どこかに隠れたか」

「筋を通さぬ姐さんではない。少々辺りを捜してくる」

ワガハイが走っていったので、俺は店じまいを始めた。

そうして片づけ終えた頃あいで、ワガハイが血相を変えて戻ってくる。

「コミチ、姐さんがいない！」

「そりゃ猫なんだから、多少は気まぐれで行動するだろう」

「そうではない。胸騒ぎがする。ジョバンニが姿を消したときもそうだった」

「ジョバンニは、組のボスだった猫だな」

ワガハイがうなずき、神妙な顔で続ける。

「吾輩は、姐さんが柳父子を見守った理由がよくわかる。禅人少年は、姐さんにとっては失った子の代わりだ」

「タマさんは、子を産んでいるのか」

地域猫は施術されているため、子を産むことはできない。しかし猫の保護活動が活発になったのは近年のことで、タマさんが若い頃とは状況が違う。

「ジョバンニの子だ。生まれてすぐに人に引き取られた。姐さんは子を失い、ジョバンニを失い、目をかけていた少年もひとり立ちできたとわかった。ジョバンニは自らの役目を終えたときに、身を隠している」

たしかにタマさん世代の老猫は、生きているほうが少ない。猫が死に際に姿を隠すのは、弱っている自分を敵に見せないという生存本能の一種だ。

「姐さんは、少年に写真を撮られたというささやかな違和感をひどく気にした。それは後顧(こうこ)の憂いを断つためではないか……？　コミチ、どう思う」

いつもふてぶてしいワガハイが、あからさまに動揺している。

「姐さんは、おそらくどこか悪いのだ。病院に連れてゆけば助かるかもしれん」

はたしてそれを、タマさんが望むだろうか。

「ワガハイ、とりあえず落ち着け」

「落ち着いている。コミチは誤解しておるかもしれんが、吾輩がどうこうという話ではない。姐さんが消えたら禅人少年はどうなる。母親を失って泣いていた少年が、また母のような存在を失うのだぞ！」

ワガハイはいま、猫の立場、タマさんの気持ちになって考えている。

俺は逆に猫の立場、猫ではなく人の立場で言っている。

「もういい。吾輩は行くぞ！」

日が暮れ始めた神社の階段を、ワガハイは飛ぶように駆け下りていった。

🐾🐾

海の岩場ってのは、小魚と戯れる子猫くらいしかこないところでね。

少し潮騒（しおさい）がやかましいけど、猫一匹が身を隠す場所はいくらでもあるもんさ。

だからジョバンニも、ここで眠ることにしたんだろうね。

夕陽がわずかに差しこむ岩の窪みで、あたしは体を丸めて目を閉じたよ。

気がつけば、島で野良になっていた猫生（ねこせい）さ。

最期も当然、野良として旅立つべきだよ。

あたしはずっと、孤独だったからね。

そりゃあ徒党を組んでいた頃は、仲間たちを家族と思ったこともあったさ。

ジョバンニと傷を舐めあい、子を産んだこともあったよ。

けれどいまのあたしには、家族と呼べるような絆はないんだ。

あたしはね、長く生きすぎたんだよ。

誰かの最期を看取ったなら、自分を見送ってくれる相手はいないってことさ。

だから悲しくなんてないんだよ。

ただほんの少し気がかりだったのは、柳父子のことさ。

禅人のことだけじゃないよ。頼通だっていつぶっ倒れるかと、あたしはひやひやしながら見守っていたんだ。

ところが頼通は一度だって弱音を吐かず、ひとりで息子を立派に育ててる。

親ってのはすごいよ。子どものためなら、なんだってできるんだ。

あたしは自分が産んだ子に、そこまではできないね。

猫の愛情ってのは、人間のそれとは少し違うんだ。

さびしいと感じるのは、別れたばかりのときだけだよ。

ただ最近は、どこかで元気に生きていればいいと思うようになったんだ。

長いこと、禅人を見守ったせいかもしれないね。

あの子は本当に、優しい子に育ったよ。あんな風に親を支える子なんて、そんじょそこらにいやしないさ。

あたしの違和感を小路は気にするほどのことじゃないと言ったけど、本当にその通りだったね。禅人はなにも悪いことをしちゃいなかった。

それでもあたしには、そのささやかな不安が一大事だったんだ。

まったくおかしな話だろう？

これじゃあまるで、あたしが禅人の母親みたいじゃないか。

禅人を残して旅立った母親は、さぞ無念だったろうね。

まあそのぶんあたしがたっぷり見守ったから、そのうちじっくりと息子の成長を聞かせてやるつもりだよ。

ああ、今日は冷えるね。

最近あちこち毛が抜けるし、眠る時間もずいぶん長くなった。

歯も悪くなって、うまいものも食えないしね。

だけど最後の幕引きに、いいものを見られてよかったよ。

これも綾野の一族と、ニャン吉のおかげさ。

借りができちまったけど、もう返せそうもないね。

「堪忍しておくれ」

なんてね、ぽろっと口から出たときだったよ。

「タマ、どこにいる？」

波の音にまぎれて、禅人の声が聞こえてきたんだ。

いよいよ耳までガタがきた、ってね。

あたしがそう思うのも無理ないよ。

まあわけを聞いとくれ。

そりゃあね、禅人だって多少は野良のあたしを気にかけているだろうさ。

なんだかんだで、小さい頃からいつも一緒にいたからね。

だから家に帰ってあたしの姿を見かけなかったら、ちょっとその辺を捜すくらいはするだろうと思うよ。

けどね、さすがに早すぎるのさ。

だってあたしが神社を離れてから、まだ小一時間もたっちゃいないからね。

小さな島だけど、猫一匹を捜そうと思ったら一日仕事のはずだよ。

まあすぐに、禅人がこの場所を突き止めた理由はわかったけどね。

「姐さん、早まらんでくれ！　もう昔とは違うのだ。ジョバンニと違って、姐さんはまだまだ生きられる！」

ニャン吉のやつだよ。

あたしは嘆かずにいられなかった。ジョバンニと同じ死に場所を選んじまった、自分のみみっちい感傷をね。

「タマさん。かつて島一番の猫集団を支えていたあんたが、借りも返さず逝くつもりなのか。俺の仕事は、招き猫三日分くらいの価値はあっただろ？」

ああ、小路はいやなことを言うね。

このままあたしが逝ったら、ジョバンニの名まで汚れるような口ぶりだよ。

前にも思ったけど、「人の手」ってやつはどうもいけすかないね。

なんかこう、手のひらで転がされているような気になるんだよ。

いまいましいね、人間は。

いまいましすぎて、逆に愛おしいよ。

「なんだいなんだい。あたしはここだよ」

うるさそうな顔を作って、力をふり絞って、あたしは窪みから頭を出したさ。

「本当にいた。すごいですね、小路さん」

禅人はあたしに駆け寄ると、抱き上げて笑ってたよ。

「別に俺がなにか言わなくても、きみは見つけたはずだ。家族だからな」

小路が言った意味を、あたしはうまく理解できなかったっけ。

「少年は、もともと姐さんを病院に連れていくつもりだったでやんす。姐さんの体調不良に気づいていたから、コミチとの対話も早めに打ち切ったでやんすよ」

ニャン吉の解説を聞いても、まるでわからなかったよ。

「なんで、そんなこと……」

あたしの問いには、禅人が小路の言葉を受けて答える形になったね。

「そうなんです。タマはぼくにとって、お母さんみたいな猫なんですよ。いまより小さい頃は、本当にお母さんかもと思ってました」

こんなこと言ったら、きっとあきれられるだろうさ。

でもあたしはこのとき、生きなくちゃいけないと思ったんだよ。

あたしは禅人の母親を知らない。

どんな風に息子の話を聞いて、どんな風に頭を撫でてやったのか知らない。

だからあたしは、母親のようになんて振る舞っちゃいないのさ。

なのに禅人は、あたしに母の面影を見ているなんてね。

きっとそれは、禅人の中からあたしに染みこんできたものさ。

ちょうど小路が頭に載せている子猫に、祖母を見ているようにね。

だからあたしの中には、顔も知らない禅人の母親がいるんだろうさ。

それなら母親を、可能な限り息子のそばにいさせてやりたいって思うだろう?

まあ誰かのために生きるってのは、しんどいことかもしれないね。

でもあたしは、そうは思わなかったよ。

頼通と禅人が教えてくれたからね。

人を幸せにするってことは、自分を幸せにするってことさ。

まああんたなら、あたしが言うまでもなくわかってるだろうね。

「悪いね、ジョバンニ。少し遅れるよ」

夕陽に向かってつぶやいた言葉は、誰にも聞こえなかったはずさ。

ジョバンニはいつだって、あたしを置いていく猫だよ。

たまには待つ身のつらさを、味わえばいいさ。

「あっ、もう予約の時間をだいぶすぎてる。すみません、小路さん。このまま病院に向かいます」

禅人はあたしを抱いたまま、岩場を小走りで駆け出したよ。

この話は、これで終わりさ。

まだ聞きたいってのかい？　あんたも欲しがりだね。

あれからどれくらい、あたしは生きたんだっけ。

病院に通うようになって、小路の店で人間のおしゃべりを聞いたり、ほかの猫たちに昔話をせがまれたりで、あたしの晩年は騒がしかったよ。

あとほら、動画っていうのかい？　禅人が頼通を撮影して、学校のパソコンとやらで編集して、スマホの画面に映しだすやつさ。

あれがなんだか、調子いいらしくてね。

仕組みはさっぱりわからないけど、なにやら銭が入るとかで、あたしの病院代が家計を圧迫することもなかったみたいだよ。

この辺りのことは、ぜんぶあんたの孫が教えてくれたのさ。

小路はあんたほどにこやかじゃないけど、中身はよく似てるよ。

打算的だけど優しくて、ひっそり暮らしたいくせにお節介で。

なによりほかの人間と違って、猫を人間みたいに見てるんだ。

まあそれは猫の言葉を理解できる、あんたたちの性質かもしれないね。

ただね、あの子はもう自転車の屋台はやめちまったんだ。

なぜってそりゃあ、あの子も人間だからね。

猫に奉仕する使命よりも、自分の欲を優先することはあるさ。

誰かとつがいになりたきゃ、金がいるのが人間だろう？

あたしはそれも、いいと思うよ。

頼通も禅人のために自分を犠牲にした時期はあったけれど、結局のところはやりたいことをやってる人生だしね。

もっと詳しく知りたいって？

やめときな。そういうのは本人の口から聞くのが一番だよ。

時間はたっぷりあるんだから、百年だって待てばいいのさ。

少なくとも、あたしはそうやって待つつもりだしね。

ところであんた。

痩せてるくせに、やけに腹が出ているじゃないか。

おやまあ、驚いたね。

なんだってそんなところに、白い子猫を隠してるんだい？

プロポーズ大作戦である
Enoshima is an island of cats

吾輩はワガハイである。

みなさまご存じ、ヒゲが凛々(りり)しいトラキジ猫である。

そして洗面台の前で無表情に歯を磨いているのは、同居人のコミチである。

コミチが口をゆすごうとうつむくと、その頭から落ちまいと前足で踏ん張っている子猫がつむじである。

ここまでは、見慣れた綾野家の日常と言えよう。

普段ならコミチはここで前掛けをして、食品の仕こみを始める。

しかし今日はそうならず、二階の自室に戻って着替え始めた。

「なんと、背広とは」

ネクタイまで締めているので、吾輩は驚かずにはいられない。

「変ということはないだろ。これでも前職はサラリーマンだ」

「変ではないが、今日は稲村嬢と逢い引きであろう。格式高い店なのか」

稲村嬢はコミチの交際相手で、猫に優しいお嬢さんである。

「いいや。だがスーツを着てしかるべき日ではある」

コミチと稲村嬢は、週に二日か三日は会っている。

とはいえ稲村嬢がコミチの仕事を手伝うという形が大半で、一般的な若い男女のようにむつみあったりはしていない。

それが十日ほど前、コミチがふいに稲村嬢を食事に誘ったのだ。

ただの食事であれば、江の島にもうまい店は山ほどある。

にもかかわらず島外の店に予約の電話を入れ、こんな風に背広に身を包んでいるのだから、これはもうただの逢い引きではあるまい。

そう、求婚の儀である。

先だっても語っているが、コミチは稲村嬢に求婚して断られたことがある。

そのときは互いの価値観の相違を埋めようと、言い争いのさなかに指輪を押しつけたそうだ。雰囲気もへったくれもあったものではない。

ゆえにコミチは、今日という日に求婚のやり直しを企図しているのだろう。

――見たい。

決して野次馬根性ではない。コミチは鈍感、鉄面皮（てつめんぴ）、唐変木の頓珍漢（とんちんかん）である。配慮を欠いた求婚で失敗せぬように見守らんとする、言わば吾輩の親心である。

かといって吾輩は、男女の逢い引きに同伴をせがむような野暮ではない。

コミチだってたまには、猫毛を気にせずのびのびしたいであろう。

——だが、見たい。

冷やかしなどではない。茶化すつもりも毛頭ない。これは姐さんが、禅人少年を気にかけるのと同じ感情である。

というか猫なのだから、好奇心があって当たり前である。

吾輩は開き直ることにした。

「少し早いが、そろそろ出かけるか。どうだ、ワガハイ」

コミチが吾輩に、背広の案配を尋ねてくる。

「ずるいぞ」

もちろんコミチに言ったのではない。

コミチの頭上にしれっと座っている、つむじにあてつけたのである。人には見えない子猫など、神の御使いだとしてもずるい。

「たまにはいいだろう。まあ気が向いたら、ワガハイにも土産を買ってくるさ。ニャンチューブでいいか？」

コミチが勘違いしてくれたので、「まぐろブレンド味」を所望しておいた。

「ところでコミチ。逢瀬(おうせ)の場所は遠いのか。電車を乗り継ぐのか」

「いや、市内だ。少し遠いが、いまから歩けばちょうどいいくらいか」

しめしめとほくそ笑むと、つむじがじいっとこちらを見てくる。

「そ、そうか。では吾輩は昼寝としゃれこもう。楽しんでくるがいい」

「ああ。行ってくる」

コミチが靴を履いて玄関を出た。

吾輩はあくびをひとつして、縁側の床に転がってみせる。

塀の向こうを歩くコミチの頭上で、やはりつむじがじいっと吾輩を見ていた。

「勘のいい猫め。だがコミチにばれなければ、問題なしである」

よしと吾輩は飛び起き、庭へ降りて塀に飛び乗る。

「あら、おじいちゃん。今日はずいぶんゆっくりね。どこかへお出かけ？」

背後から声をかけてきたのは、散歩中のモチとクロケットであった。

「う、うむ。今日はＥＮＧＡＷＡが休みだからな。たまには草見先生の墓でも参ろうと思い立ったのだ。ではな」

吾輩は目をそらしつつ、塀の反対側に飛び降りる。

「草見先生かあ。僕も生前、ごはんをもらったことがあるよ」

塀の上からクロケットの声が聞こえたが、吾輩は無視した。

「だったら私たちも、お墓参りに行きましょうか。今日は天気もいいし、たまには遠出するのもいいでしょ」

モチの提案を受けて、クロケットが「そうだね」と返す。

吾輩は慌てて振り返った。

「いやいや。それはやめたほうがいいな。というのも草見先生は、騒がしいのが苦手である。二匹のぶんまで、吾輩が手をあわせておこう。うむ」

「そうだっけ？　先生、いつも猫に囲まれてにこにこしてたと思うけど」

クロケットに突っこまれ、吾輩の動揺が耳に出る。

「なーんか、あやしい。おじいちゃん、なにか隠してない？」

自身も地面に飛び降り、モチが近づいてきた。

「ななな、なにも隠してなどおらん。吾輩は急いでいるのだ。これにて御免」

早くしないと、コミチに追いつけなくなってしまう。

「私の『おじいちゃん』呼びを、二回もスルーした。これはうそをついてるね。そういえばさっき、コミッチーが出ていったよね。珍しくスーツで」

「へえ。ＥＮＧＡＷＡやめて就職活動かな？　それともプロポーズ？」

すっかり落ち着いたクロケットだが、恋路に関してはまだまだ鋭い。

「ワガハイの耳、完全に寝ちゃってる。正解みたいね。詳しく教えてよ。じゃないとほら、コミッチーに追いつけなくなるよ」

モチに詰め寄られ、つむじの飼い主、ワガハイは白状せざるを得なかった。

「楽しみだねえ。つむじの飼い主、どんなプロポーズするんだろう？」

「コミッチー、言ってくれれば私が指輪を選んであげたのに」

渋々に二匹を引き連れ、吾輩はとほほと落胆する。

「おや、珍しい取りあわせだねえ」

鳴き声に顔を上げると、目の前にしゃんとした三毛猫の姿があった。

「よりにもよって、姐さん……」

「ニャン吉、なにか言ったかい？」

最悪である。吾輩は姐さんには頭が上がらない。

さてどうごまかそうかと思案するより早く、モチが言った。

「聞いて聞いて、おタマさん。コミッチーがいまからプロポーズするんだって」

「そりゃいいね。あたしも物見遊山（ものみゆさん）としゃれこもう」

もうおしまいである。

二匹、三匹でも目立つ隠密が、四匹なんて正気の沙汰ではない。

しかるに通りすがる猫たちは、「なにしてんの?」と気軽に声をかけてきて、「俺も俺も」と集団に加わり、本島へ渡る弁天橋(べんてんばし)に差しかかる頃には、猫を見慣れた土地の人間もぎょっとするほど、吾輩の後ろに同族が連なっていた。

「これもコミチの猫徳か……人の手の晴れ舞台を応援しようと、みなが純粋に思っているのであろう。なあ、ミャイチよ」

いつの間にか隣にいた、黒猫に語りかける。

「違うぞ。こうやって歩いてると、ニャンチューブの鳥ささみ味がもらえる。ワガハイは知らなかったのか?」

このぶんだと最後尾の猫たちは、コミチが誰かすら知らないだろう。

はたしてこの大所帯を連れたまま、尾行を続けてもよいものか。

うっかり求婚の邪魔などして、馬に蹴られて死ぬのは御免である。

ならいっそ、音頭を取ってみなで応援するか——。

などとやけになったとき、吾輩のヒゲが感じ取った。

前方を歩いているコミチが、振り返る予感がする!

「みなの者、壁際に身を寄せよ!」

背後の集団に号令をかけると、猫たちは一斉に電柱や自動販売機に身を隠した。

先頭の吾輩は身を細くして、黄色いズボンをはいた通行人の足下に重なる。

「……？　気のせいか」

振り返ったコミチがつぶやき、首を傾げながら再び歩きだした。

いくら猫の言葉がわかると言っても、コミチの嗅覚や聴覚までが我らと同じになったわけではない。

烏合の衆でも統率さえ取れれば、コミチに気づかれず尾行ができるだろう。

「ワガハイ、ミャイチはわかったぞ。猫人間に見つからなければ、ニャンチューブがもらえる。そうか？」

無邪気な黒猫の目が、きらきらと輝いている。

「左様。一匹でも見つかったら、全員ニャンチューブはなしである」

ミャイチへの返答は、あっという間に集団に膾炙(かいしゃ)した。

吾輩はヒゲを研ぎ澄ませ、前を歩くコミチの様子をうかがう。

コミチに動きがあるたび、右へ隠れよ、左へ飛べ、三遍回ってニャンと鳴け、いやいまのなし、などと指示を出したかいあって、吾輩たちはどうにか見つからずに目的地へたどりついた。

「稲村は……先に入っているな」

道路に面した建物の窓をのぞき、コミチがつぶやいている。

ドアを開けて店に入ったのを確認すると、吾輩も建物の正面へ向かった。

そうして窓の向こうに見えた光景に、思わず息を呑む。

「なんだこの店は……コミチはなにを考えて、こんなところに……」

1

わたしは引きだしから手帳を出して、思い出を振り返っていた。

「綾野くんに名前で呼ばれたのは、このときくらいだよね」

泣いているわたしに指輪を見せて、「結婚しよう、風咲」と言ってくれたあの日。

プロポーズを断ったことを悔やむ資格は、いまのわたしにはきっとない。

「どうすれば、もっと素直になれるのかな……」

そのヒントを探そうと、もっと古い手帳や日記をめくってみる。

わたしの小さい頃の夢は、「カフェの店員さん」だった。

育った町にはコンビニが一軒しかなくて、そのコンビニも都会の人は誰も知らないような地元のチェーン店。おしゃれなカフェなんてもちろんなくて、実際に目にしたのは高校生に上がってからだと思う。

わたしが小学生のとき、お父さんはいまで言う「町中華」で働いていた。

いつも口数が少なくって、わたしとお母さんが店に会いにいっても、ぜんぜん相手なんてしてくれない。ただ黙々と中華鍋を振るっているだけ。

でもそのぶん、オーナー夫婦が優しかった。

わたしが挨拶すると、奥さんがいつもジュースを一本飲ませてくれた。

赤い冷蔵庫にぶら下がっている栓抜きで、ビンのふたをしゅぽっと開ける。

それは小学生だったわたしが、一番好きな瞬間だった。

身近に飲食店があって、そこで楽しい時間をすごしていたことが、「カフェの店員さん」の夢につながっていると思う。

中学に上がると、もうちょっとカフェのイメージが具体的になった。

都会の人は誤解しているけれど、情報には地方格差がある。

ネットがあれば誰でもどこでもすべてにアクセスできるなんて幻想で、地方住みだとそもそもネットに触れる機会が少ない。

わたしの家にはパソコンもＷｉ－Ｆｉもなかった。

両親には必要ないものだったし、そこまで家計に余裕もなかったから。

テレビも放送局は限られているから、地元のことしかわからない。

わたしと友だちが都会の情報を手に入れるのは、発売日から一ヶ月遅れで図書館に入る雑誌だった。毎日のように図書館に通っては、ふたりで雑誌をめくって都会への憧れを語りあっていた。

でもあるとき、友だちがスマホを手に入れて世界が一気に広がった。

テレビで「アイドル」と呼ばれているおじさんたちよりも、ずっとわたしたちの歳に近いアイドルがいることを知った。

雑誌で見ていた都会のおしゃれなカフェは、呪文を覚えないと注文ができないという現実を知った。

都会、というより広がった世界への好奇心で、わたしたちは興奮していた。

大人になったら東京へ出てカフェの店員になろうと、お互いに働くつもりのチェーン店まで決めていた。

そしてちょうどその頃から、お父さんが仕事を休むようになった。しゃべらないから原因がわかるのに時間がかかったけれど、いわゆるパワハラを受けていたらしい。

お母さんが人づてに聞いたところでは、オーナーの奥さんがとりわけお父さんに対してひどい言葉を浴びせていたという。

「ろくに仕事ができないくせに、子どもにジュースをせびりにこさせる」

お客さんの前でそんなことを言い、お父さんを傷つけていたそうだ。

お母さんもわたしも、優しかった奥さんの豹変に驚いた。でも実際はお父さんが言わなかっただけで、奥さんは昔からそうだったらしい。

知らなかったのはわたしたちだけだったけれど、それを悲しんだり怒ったりはしていられなかった。もともと裕福とは言えない家庭が大黒柱を失ったのだから、誰かが代わりをしなければならない。

お母さんは缶詰工場のパートを辞めて、よりお給料のいい介護の仕事を始めた。

玉突き的に、お母さんが担っていた家事をわたしが受け持った。

わたしは高校生になっていたけれど、さすがに部活に入る余裕はない。

それでも友だちはたくさんできたし、たまにはモールのそこそこおしゃれな店でコーヒーを飲むこともあった。

それもできなくなったのは、お父さんの借金が発覚したから。

職場のストレスを発散するため、仕事帰りにパチンコを打っていたらしい。

幸いだったのはそれほど大きな額ではなかったことと、借りていたのがそのパチンコ店のオーナーという個人だったこと。

ただお母さんの仕事だけでは返済が追いつかなかったので、わたしも残っていた青春の時間をアルバイトに捧げた。例の地元のコンビニで。

「コンビニのバイトは楽しそうでいいね」

あるときお母さんにそう言われた。ぜんぜん楽しくはなかったけれど、仕事の愚痴を言わない日がないお母さんからすれば、そう見えたのだと思う。

そろそろ進路を決める時期だったわたしは、ほんの少し迷った。

就職することは決まっている。大学や専門学校に通ってもお金はもらえない。迷ったのは就職先だ。青春は失ってしまったけれど、カフェで働くことができれば子どもの頃から育んできた夢がかなう。

けれどわたしの住む町に、そんな働き口はない。

都会に出れば家賃を払うのに精一杯で、仕送りなんてとてもできない。

無口なお父さんとは真逆で、お母さんは明るい人だった。

おしゃべりが大好きで、冗談を言っては自分でころころ笑う、どこでも輪の中心にいるような人だった。

そんなお母さんが、最近まるで笑ってない。

腰の辺りが痛いのか、いつも後ろ手で押さえている。

大丈夫かと聞くと、「うん」とだけ答えて仕事にいく。

もろもろ含めて教師に進路相談したところ、東京の不動産会社を勧められた。

「ものすごくハードだけど、稼げるらしいよ」

営業職なら歩合給で、資格を取れば大卒と同じ待遇になるという。

それまで興味も知識もなかった不動産会社に就職すると伝えると、母は少し悲しそうな目をしながら、「がんばれ」と言ってくれた。

だからわたしは、上京してものすごくがんばった。

朝起きて、歯を磨いて、慣れないお化粧をして家を出て。

満員電車に揺られながらも、ぼんやりニュースを流し読んで。

出社して、社訓を叫んで、外回りして、怒られて。

トイレで泣いて、笑顔を作って、歩き回って、また泣いて。

満員電車に揺られて眠って、コンビニで納豆巻きとサラダを買って。

家に帰ってシャワーを浴びて、ごはんを食べる前にベッドに倒れこむ。

それ以外に、なにかをした記憶なんてない。

そんな一年を終えると、二十人以上いた同期たちは、片手で数えられるほどしか残っていなかった。わたしよりも四歳上の彼ら、彼女らは、そんなにあくせく働く必要はなかったんだと思う。実際、もらえるお給料の額は多かった。

おかげで本当に少しずつだけど、お父さんの借金も減っていた。

それまでは電話しても体の痛みを訴えるばかりだったお母さんが、ときどき笑い声を聞かせてくれるようになった。

仕事は死ぬほどきつかったけれど、心には余裕が生まれた。

通勤電車でもニュースの代わりにＳＮＳを見るようになったし、いい仕事ができた日には、ごほうび的にカフェで呪文を唱えたりもした。

お金があれば人は安らげる。悲しいけれどもそれは事実。

最初の頃は競争相手のように思っていた同期たちとも、いつの間にか戦友的な関係になっていた。飲みに誘われれば顔を出し、「辞めたい」、「転職したい」と、お決まりの愚痴で互いの健闘をたたえあう。

その日の飲み会では、珍しく綾野くんが酔っていた。

「俺がここまで会社を辞めなかったのは、子どもみたいな稲村を差し置いて、自分だけ逃げられないと思っていたからだ」

それはわたしにとって、青天の霹靂だった。

みんなより若いわたしは、かわいがられるというか、あやされていたと思う。「かざちゃん」なんてあだ名で呼ばれて、マスコットみたいな扱いだった。

でも綾野くんはわたしを「稲村」と呼んで、口数も少なくて素っ気ない。たぶんわたしのことなんて眼中にないと、勝手に思っていた。

そんな人がわたしを意識していたことに驚いたし、もうちょっと言いかたを考えてほしいとは思ったけれど、言葉の裏には敬意を感じた。

「どうしましょう、綾野さん。わたし、もう成人しちゃいました」

その場はそんな風に、冗談で返したと思う。

でもその日からちょっとずつ、わたしも綾野くんを意識するようになった。

綾野くんはクールな見た目とは裏腹に、泥臭く働くタイプだった。結果を出すまでに時間がかかるから、社内でもよく上司に怒られている。

そういうときに目があうと、あの無表情のまま舌を出したりする。意外とサービス精神があるというか、ギャップがすごくて笑わずにはいられない。

そしていやがるから本人にはあまり言わないけれど、綾野くんはやっぱりイケメンでいらっしゃる。だから目の保養にもなる。

おかげで朝起きて、歯を磨いてで始まる一日が、少し楽しくなった。

その頃のわたしは外回りの最中に綾野くんの顔を思いだして、笑ったり元気をもらったりしている。すっかり癒やしのもとだった。

綾野くんと初めてふたりきりの時間をすごしたのも、同期の飲み会だった。

ほかのメンバーたちから「仕事で抜けられない」とメッセージをもらったとき、わたしはうれしさと逃げたい気持ちが半々だったと思う。

そのときの会話の内容は、あんまり覚えてない。

なにを話していいのかという焦りもあったし、やたら「稲村はすごい」とほめられて困惑したせいだと思う。

でもその日を境に、ふたりで飲みにいくことが増えた。

綾野くんはいつも、「自分が稲村の歳のときは、なにも考えていなかった」というような文脈でわたしをほめてくれる。それは育った環境の違いだと思うけれど、綾野くんはわたしを上からではなく下から見ているように感じた。

それを伝えると、こんな風に返ってくる。

「いや。俺もほかの同期たちと同じく、以前は稲村に対して庇護欲を感じていた。我ながら図々しいが、兄のようなつもりでいたんだ」

先輩はおろか同期や後輩さえも、わたしに対して「かざちゃん、若いんだからちゃんと食べな」と、子ども扱いでお菓子をくれたりした。

幼いのは事実だから腹は立たないけれど、綾野くんにそうされた記憶はない。

「行動に移さなかっただけで、感じてはいたんだ」

それはつまり、みんなと同じくいじりたい誘惑に駆られながらも、綾野くんは対等な立場でわたしを見てくれたのだと思う。

「男性社員で、おにいちゃんみたいに振る舞う人はけっこういました。でも綾野さんの場合はなんかこう、騎士っぽくてかっこいいですね」

「だとすると、稲村はお姫さまってことになる」

わたしは勝手に深読みして、だいぶ赤くなったんじゃないかと思う。

さっき綾野くんは、「以前は稲村に対して庇護欲を感じていた」と口にした。

――じゃあいまは、なにを感じているんですか？

そんなことを聞いてみたい。でも聞いたら絶対変な感じになる。いや酔っ払ったということにしたらいけるかも？　だめだって。あとで死ぬほど後悔する――。

葛藤もむなしく、わたしは切りだしてしまった。

「ふたりとも、だいぶ酔っ払いましたね」

「ああ。調子に乗るならいまだ」

そんな風に煽られたら、本当に聞いちゃうよ。

「なんですかそれ。でも綾野さんが浮かれるところ、ちょっと見たいかも」

クールダウンのために投げた言葉は、熱をまとって返ってきた。

「姫さま。お慕(した)い申しております」

さっきの深読みのせいで、勘違いせずにはいられない。

どう返すべきかと考えて、とりあえず口を動かす。

「えっと……くるしゅうないですわ?」

「それは俺の告白に対し、オーケーしてくれたってことでいいのか」

こういうときに、表情の変わらない人はずるい。

わたしは自分を打算的な人間だと思っているけれど、追い詰められると感情で動いてしまう。つまり、普通に素直な女の子になってしまう。

「こんなに優しい人がそばにいたら、好きにならないほうがおかしいよ」

こうしてわたしたちは、会社に隠れてこっそりつきあい始めた。


どうして大人になると、友だち同士でもお酒を飲まないと話せないのだろう。

みんながそうではないけれど、短大を卒業して上京してきた友人と会うときも、居酒屋さんが多かった。

あの頃みたいに図書館の談話室で話したり、フードコートでいつまでも時間をつぶすのは無理としても、毎回お酒を飲みにいくのは財布にも体にも優しくない。

だから綾野くんと会うのは、ほとんど家だった。

会社に近いということもあり、主にわたしが綾野くんの部屋にお邪魔する。

綾野くんには趣味がない。唯一こだわっているのが筋トレらしく、「この部屋に決めた理由はこれなんだ」と、ロフトの縁につかまって懸垂をしていた。

そんな家主だから部屋は殺風景だったけれど、わたしが通うようになってキッチンにはものが増えている。

「稲村は、料理が好きなんだな」

常備菜までストックするようになったわたしを見て、綾野くんは感心していた。

「うん。わたしは好きだったんだよ、料理」

高校生の頃に家事を任されていたから、料理はそれなりにできる。

でも上京してから自分のために、なにかを作ったことはない。自分だけだし、疲れもあるしで、コンビニディナーですませてしまっていた。

綾野くんとすごすために倹約をかねて自炊をしていたら、自分は料理が好きだったのだと気づかされた。恋人に作ってあげたいとかではなく、いわゆる「カフェごはん」を作るのが楽しい。

おかげでひまさえあれば、スマホでカフェの料理を見ることが増えた。

それに気づいた綾野くんは、「食べに行こう」と誘ってくる。

わたしは無駄遣いを理由に断った。

綾野くんは「もちろん俺が出す」なんて言ってくれたけれど、わたしが拒んだのはお金のためだけじゃない。

お父さんは心の病気だったけれど、最近は体も悪くなっていた。借金は返せる目途が立ったものの、お母さんの苦労はむしろ増えている。

それを思うと、自分だけ楽しむことに罪悪感があった。綾野くんとつきあっている時点で矛盾があるけれど、なんとなく罪の境界線はある。

そんな風にわたしがお金お金とうるさいからか、綾野くんは同棲を提案してきた。

「俺だって、一緒の時間が増えればうれしい。互いにメリットがある」

交際して三年。わたしは二十三で綾野くんは二十七だった。

頭がくらくらするくらいに魅力的なプレゼンだったけど、わたしは断った。

「それだと、わたしがだめになっちゃう」

これまででも、わたしは綾野くんに精神的に甘えている。

お金の面でまで支えてもらったら、失った青春のコンプレックスや夢を取り戻そうとして、自分の欲望に歯止めが利かなくなる。

優しい綾野くんは、わたしの思いを尊重してくれた。

でも、石上（いしがみ）課長は違った。

中途で入ってきた三十七歳の課長は優秀で、部下の育成にも熱心に見えた。

「稲村さんは、もっと伸びるはずだよ」

外回りで課長と同行することが増え、するとたしかに受注件数が増えた。

それ自体はよかったけれど、頻繁に飲みに誘われるようにもなった。

やがて社内にあらぬ噂が立つようになると、課長は「うそから出たまこと、なんて話もあるけどな」と笑っていた。

そんなことは望まないけれど、愚かなわたしは課長を拒絶しなかった。

そこから先のことを思いだすと、いまでも胃がきゅっとなる。

課長と飲んでいるとき、綾野くんから連絡があった。

心配をかけたくなくて、わたしは友だちといるとうそをついた。

するとと目の前に、綾野くんが現れた。

一緒に綾野くんの部屋に戻ってから、わたしは泣きながら誤解を訴えた。

綾野くんは信じてくれた。けれどわたしが困っていながら綾野くんを頼らなかったことについて、ひどく怒っていた。

わたしはわたしで、綾野くんを頼れない理由を叫んだ。

「言ったでしょ。わたしは実家に仕送りをしなくちゃいけないの。会社をクビになるわけにいかないの。だからちょっとのことくらい、我慢しないといけないの」

「だからって、このまま我慢するなんてありえない」

「じゃあどうするの。綾野くんが、わたしの人生に責任を持ってくれるの？」

「ああ、持つよ。結婚しよう、風咲」

綾野くんは都会の家に生まれ育ち、十二分な教育を受け、青春らしい青春の思い出があり、およそお金に困ったことがない。実の母親から「コンビニのバイトは楽しそうでいいね」なんて、貧しい恨みごとを言われたこともない。

そんな綾野くんからのプロポーズは、あわれみ以外のなにものでもない。

この人に、わたしの気持ちなんて一生わかりっこない。

「……ごめん。受け取れない」

指輪を返したわたしは、幼く、思慮が浅く、ただただ愚かだったと思う。

だから優しい人を傷つけた罰が、ちゃんと下ってよかった。


綾野くんは会社を辞め、わたしは自分で望んだ通り課長の下で働いた。

初めての恋を自分から捨てたくせに、わたしは立ち直れなかった。

会社から電車で帰るとき、ふっと綾野くんの気配を感じる。

それとなく一緒になった風を装って、四駅すぎたら同僚から恋人になる。

そんな思い出がそこら中にあり、切なさに耐えきれなくなると人に電話した。

「好きだけじゃ、どうにもならないんだよ」

そう言ったのは、カフェの従業員を辞めることにした同郷の友人だった。

きっとそんなことは、世界中にあるのだと思う。

手帳でスケジュールをさかのぼっても、綾野くんの断片が目に入った。

慌ててぱたりと閉じた五分後、再び手がページをめくっている。散らばって消えようとしている記憶のかけらを、必死につなぎ止めるように。

わたしは手帳を引きだしの奥にしまい、予定はスマホで管理するようにした。

この頃のわたしは感情的で、課長の同行営業も拒否していた。

矛盾した自分の行動が理解できなくて、ひとりのときはいつも泣いていた。

そして、事件は起こった。

出張のさなか、疲れのせいかエスカレーターの最上段で、わたしはキャリーケースを握った手をうっかり離してしまった。

さいわいケガ人はなかったものの、わたしはあやうく人を殺しかけた。


会社と医師に勧められ、休職して故郷に帰った。

借金の返済が滞ることを、お母さんはとがめなかった。

むしろ「また家族の病気に気づけなかった」と、自分を責めた。

お母さんのためにも、わたしは早く回復せねばと心に誓う。

そういう意味で、故郷に帰ってきたのはよかった。

ここには綾野くんの記憶の断片がない。

あるのは空と海と、ときどき火を噴く桜島(さくらじま)だけ。

わたしは昔みたいに図書館へ行ったり、フードコートに友だちと長居したり、有意義で無為な時間をすごした。

やがてちょっと元気になったかなというときに、軽い気持ちでＳＮＳを見た。

すると自転車のカゴに猫を詰めて全力疾走する、男性の画像が流れてきた。

顔にモザイクはかかっていたけれど、どう見ても綾野くんだ。

意味がまったくわからないけれど、わたしはそのとき笑ってしまった。

怒られて舌を出す綾野くんを見たときと、同じような気持ちだと思う。

でもあらためて好きになったなんて、おこがましくて口にできない。

ただもう一度、綾野くんに会いたいと思った。


そろそろ休職期間も明けるので、東京に戻ることにした。

それを伝えると、お母さんは土地の言葉でこう返してきた。

「会社なんて辞めやんせ」

東京に戻るのはかまわない。でも借金はだいぶ減ったから、あとはお母さんがなんとかする。風咲は自分のやりたいことをやりなさいと、お母さんは泣いていた。

お母さんにもわたしと同じで、大きな後悔があったらしい。

わたしが卒業後の進路を選ぶ際に、この言葉をかけてやれなかった。将来の不安に負けてしまって、娘が自分を犠牲にするのを見て見ぬ振りをした。

お母さんは自分をずるいと言ったけれど、それは完璧じゃないだけだと思う。

わたしもたくさん失敗したし、綾野くんだってきっとそうだ。

人生は失敗をしても、ゲームみたいにセーブ地点からやり直せない。

でもいまこの瞬間からは、やり直すことができる。

これまでのわたしの人生は、相当しんどかった。

けれど人からは、たぶん同情されにくいと思う。

ひとことで言えば、わたしはあまり「いい女」じゃないから。

もっと素直で、もっと自分のことを好きな、猫みたいな女の子になりたい。

いきなりは難しいけれど、ちょっとずつがんばっていこう。


縁あって再会した綾野くんは、少し変わったように見えた。

具体的に言うと、江の島で「猫の人」になっていた。

東京時代に猫の話なんて聞いたこともなかったのに、いまでは同居猫のワガハイを始め、江の島の地域猫たちと会話している。

実際にはひとりごとなのかもしれないけれど、少なくともわたしには綾野くんが猫としゃべっているようにしか見えなかった。

そんな綾野くんとわたしは、お互いがひとりの時間に考えたことを打ち明けた。

会って謝れればそれで十分と思っていたのに、話をするとやっぱりあの日に戻りたくてたまらない。

綾野くんも同じ気持ちだと言ってくれたのは、本当に奇跡だと思う。

わたしたちは半年の休養を経て、おつきあいを再開させることになった。

平日は出社して、週末になったら江の島で綾野くんと猫たちと会う。

お母さんは仕事を辞めてもいいと言ったけど、たっぷり癒やしをもらえているのでその必要もなくなってしまった。

でもそこで、またわたしは揺らいでしまう。

「俺は江の島にきてから、稲村のように倹約を兼ねて自炊をするようになったんだ。それは思いのほか楽しいことで、猫とも結びつきそうだった」

ちょっとなに言ってるかわからないけれど、要するに綾野くんは、縁側で猫と庭を眺めるようなコンセプトのカフェをやりたいらしい。

運命は数奇なもので、ここへきてカフェがぐっと身近になった。

もちろん綾野くんのお店だから、わたしは過度に意見しないよう自重した。

けれどお店の名前にわたしが提案した「ＥＮＧＡＷＡ」が採用されると、興奮がどんどん抑えきれなくなってくる。

休日に、外回りの合間に、ときには有給休暇を取ってまで、わたしはＥＮＧＡＷＡに顔を出した。

もちろんお店をそばで見ているだけで、基本的にはワガハイやクロちゃんを撫でてコンセプト通りにくつろいでいる。それだけで幸せだった。

でも心の中では、自分も働きたいと思っている。

綾野くんとＥＮＧＡＷＡをやれたらと、空想しながら毎日をすごしていた。

もう少し働けば借金も完済できそうで、妄想はますますふくらむ。

そんなタイミングで、お母さんから電話があった。

「最近は、布団の中におる時間のほうが少なかど」

お父さんは足を悪くしてリハビリに通うようになったけれど、その効果は体よりも心に現れ、また料理をするようになったらしい。

お母さんと一緒にうれし泣きしながら、わたしは夢に思いを馳せる。

子どもの頃からの憧れを形にするなら、いまが絶好の機会だ。

けれどわたしは、ＥＮＧＡＷＡで働くわけにはいかない。

ＥＮＧＡＷＡは綾野くんが島の猫たちと通じあって、半年間大根を食べ続けて、絶えず鍛えてきた筋肉で支えているお店だ。

わたしは過去に綾野くんを頼らなかった。なのにいまさら手のひらを返して人の夢に乗っかろうだなんて、虫がいいにもほどがある。

わたしがそんな思いでいるせいか、綾野くんとぎくしゃくすることがあった。ケンカをしたりはないけれど、会話のパズルがうまく噛みあわない。

このまま中途半端な状態を続けたら、なにもかもだめになる気がする。

だから私は、会社を辞める決意をした。

退職したあかつきには、いくつかあるお気に入りのカフェで働いてみたい。いまはひとまず会社終わりに、綾野くんも受講していたコーヒー教室に通っている。それだけで毎日に色がついたみたいで、ＥＮＧＡＷＡに顔を出す日も増えた。

でもこのことは、まだ綾野くんには内緒にしている。

言うイミングを逃したのもあるけれど、「会社を辞めてカフェで働きたい」なんて伝えたら、優しい綾野くんは「一緒にやろう」と誘ってくれるから。

ふたりでＥＮＧＡＷＡを作っていくのは素敵だと思う。

でもそれは夢のゴールみたいなもので、いまのわたしはスタートラインに立ったばかり。綾野くんを頼りにはしても、甘えたくはない。

そんな風に思っていたら、綾野くんから食事に誘われた。

珍しいことに島外のお店で、なにやら「大事な話」があるらしい。

情けないけれど、わたしの頭に真っ先に浮かんだのは別れ話だった。

理由は最近のぎくしゃくか。あるいは自分に自信がないせいで、やきもちを妬いたことを疎まれたか。過去の失敗も含めれば、思い当たる節はたくさんある。

でも綾野くんは「デートの側面もある」とか、「稲村が気負う必要はない」とも言ってくれた。あんまりマイナスに考えるのもよくない。

とはいえ恋人同士の「大事な話」なんて、別れるかプロポーズくらいしかない。

仮に、もしも、百万が一、プロポーズだった場合。

わたしはそれを、絶対に阻止しなければならない。

過去に綾野くんからプロポーズされ、わたしはそれを断った。ケンカの最中だったとはいえ、わたしは男子の一世一代の覚悟をないがしろにしている。

だから次にそれをするのは、わたしの番だ。自信を持って綾野くんの隣に立てるようになったら、ＥＮＧＡＷＡへの就職も含めてプロポーズしたい。

さておきいいタイミングだから、わたしも会社を辞めることを伝えたい。

甘い誘惑があるかもだけど、どうせいつかは言わなければならない。

覚悟を決めてしばらくすると、綾野くんからメッセージが届いた。

URLが添付されているので、「大事な話」はここでするらしい。

ドレスコードがあったら困るなと、どきどきしながらリンク先に飛んでみる。

すると、かわいい猫の画像が迎えてくれた。

「……猫カフェ？　なんで？」

混乱せずにはいられない。あれほど毎日猫に囲まれている人が、なぜわざわざ島外の猫カフェに行くのか。まったくわけがわからない。

でもランチタイムの猫カフェなら、とりあえずプロポーズではないと思う。

だからわたしはいつもの服を着て、約束の時間より少し早くお店に着いた。

2

俺が時間通りに店に入ると、稲村はぎこちなく手を振ってくれた。

「悪い。待たせたかな」

テーブル席の向かいに座り、詫びながら顔を見る。

「待ってはないけど……綾野くん、なんでスーツなの……」

稲村は顔をひきつらせ、なぜか気まずそうだ。

「とりあえず、注文をしよう。この店は一時間千五百円で滞在できて、ワンドリンクがついてくる。ランチメニューもあるが、猫たちの様子を見てからにしよう」

俺は従業員を呼んで、コーヒーを頼む。

稲村も同じものを注文した。

コーヒーを待つ間に辺りを見回すと、客は六、七人いるようだった。

それぞれがテーブル席やソファに座り、俺と同じように店内を眺めている。

店内には猫用のベッドやキャットタワーがあり、壁のあちこちに猫が飛んで移動するキャットウォークも設置されていた。

十二匹ほどの猫たちは、めいめいが好きな場所に居座り、眠り、じっと空中を見つめたり、同僚を追いかけ回したりしている。

「ここは『保護猫カフェ』と呼ばれるタイプの店で、条件さえあえば飼い主として猫を連れ帰ることができるんだ」

クラベルのような外国産の猫もいるにはいるが、大半は江の島の地域猫と同じで三毛やサバトラが多い。経営母体は里親会なので、猫に対する基本的な考えかたは地域猫の見守りボランティアと同じだ。

「お待たせしました、コーヒーです」

従業員の女性が、コーヒーをふたつ運んできてくれた。戻る際に「風を入れるね」と猫に語りかけ、上げ下げ窓を少しだけスライドさせる。

「猫カフェって初めてきたけど、あんまり猫と触れあえる感じではないんだね」

コーヒーのおかげか、稲村の表情は落ち着いていた。

「この時間だと眠いだろうし、そうでなくても猫は気まぐれだ。触ろうとすれば逃げるくせに、無視していると体をすり寄せてくる。猫との触れあいを目的に来店すると、肩すかしを食らうことが多い」

その辺りは、ＥＮＧＡＷＡの招き猫たちも同じだ。だから「触れる」ことは売りにしていないが、知ってがっかりする客はいる。

「でもほら、あっちのお客さんは猫に囲まれてるよ」

稲村が目を向けた方向で、ソファに座った男性客が猫を集めていた。

その手には、猫たちが愛してやまないニャンチューブがある。

「手っとり早く猫に触れたければ、金を使うのが一番なんだ」

だからＥＮＧＡＷＡでは、お客さんにカリカリを渡していた。チューブは人間で言えば寿司や焼き肉なので、猫たちの間で暴動が起こる。

「なんかそれって……」

稲村が言い淀み、心なし顔を赤らめた。

「言いたいことはわかる。猫カフェは『猫を眺めて慈しんでほしい』という店側の考えかたと、『猫と触れあいたい』というユーザーニーズに乖離（かいり）がある。現状でそれを埋めるのは高価なエサしかない」

猫のストレスに配慮して、抱き上げ禁止の店もある。エサで寄ってきたところに少し触れるくらいなら、というのが店側の妥協点だ。

その結果、誰かがチューブを手にするとすべての猫がそこに集まる。

カリカリでは見向きもされないので、猫を呼び戻すには金を使うしかない。

稲村でなくても、水商売を連想するだろう。

「もちろんエサなしで寄ってくる猫もいるし、抱かれたがりのやつもいる。問題はすべての猫がそうだろうと、客の多くが思っていることだ」

「猫カフェって、いろいろ難しいんだね。これもコスト的な問題なのかな」

稲村がコーヒーをすすり、少しだけ眉を動かした。

豆を挽いてから時間がたっていることは、酸味の強さでわかる。

「猫カフェはビジネスとして成立しにくい。だがこのような店は、そもそも利益を出すことが目的じゃない。猫の幸せの足がかりになる場所なんだ」

運営資金はフードやドリンクの材料費ではなく、まず猫の健康維持に使われる。保護猫カフェとしてはそれが正しく、商売繁盛も願ってないのが本音だろう。

「幸せかあ……」

稲村はどこかうらやましそうに、猫たちを見ている。

「それを考える責任が、俺にはあると思う」

「幸せを考える……責任？」

「ああ。だから稲村に聞いてほしいことがある」

俺が本題を切りだすと、稲村が「待って！」と両手をつきだした。

「綾野くん、一分、ください」

稲村が空気を吞むように、大きく深呼吸をする。

どうしたものかと見守っていると、覚悟を決めたように稲村は俺を見た。

「わたしは、綾野くんが、好きです」

うれしいが、睦言（むつごと）をかわす場所としては人目も猫目も多い。

「……知ってる。そう返すのは不遜かな」

「そういうことじゃなくて、わたしは綾野くんに百回謝ったって、謝り足りないことをしたでしょう」

上司のハラスメントを俺に相談しなかったことを、稲村はずっと後悔している。

それは同時に俺の後悔でもあった。当時の俺は稲村と同じ目線で物事を見ず、自分勝手に未来ばかり見ていた。

歩くペースが違う相手に頼れないのは当然だ。それどころか稲村はスタート地点も違うと考えていたから、あのときはすれ違うしかなかった。

「お互いに、それはもういいってことにしたはずだが」

「そのことだけじゃなくって。あのとき家族になろうって言ってくれた綾野くんの気持ちより、わたしは自分を優先しちゃったから」

どうやらプロポーズを断ったことを言っているようだ。

「いや、どう考えてもあれは俺が悪い。卑怯だった」

言い争いになり、噛みあわなくなった話をねじ伏せるような求婚だった。その後も俺は稲村に黙って会社を辞めたし、みっともないまねをしたと反省している。

「でも一生に一度の勇気を、わたしはもう使ってもらった。だから綾野くんに言わせるわけにはいかなくて、次はわたしの番なんだけど……」

いまから水に潜るかのように、稲村が大きく息を吸い、吐いた。

「ごめん。胸を張ってプロポーズできるまで、もうちょっと時間をください」

稲村が頭を下げたが、思わぬ内容に俺は耳を疑う。

するとわずかに開いた窓の外から、がやがやと猫の声が聞こえてきた。

しかもなぜか、聞き覚えのある声ばかりだ。

「これって彼女が、コミッチーにプロポーズしたってこと？」

これはモチに違いない。

「うん。でもしたとも言い切れないから、つむじの飼い主は返答に困ってる」

どうやらクロケットもいるようだ。

「ささみ味はいつもらえるんだ？　ミャイチは腹が減った」

言うまでもなく、ミャイチの声だ。

「みんな、落ち着きな。まだふたりの話は終わってないよ」

驚いたことに、タマさんまでいる。

ここまで島の猫たちがそろっていたら、当然相棒もいるはずだ。

「コミチはなにを、ぼんやりしておるのだ。さっさと稲村嬢に返事をせよ」

どうやら俺は、あの言葉を口にする必要があるらしい。

一度咳払いをして、じっと稲村の目を見る。

「ふつつかものですが、その日を楽しみに待っています」

きちんと頭を下げて言ったが、こらえきれずにくつくつ笑ってしまう。

それは稲村も同じくで、声を出して笑っていた。

「ごめんね、綾野くん。ロマンチックな感じにならなくて」

「一度目よりもよっぽどましだろう。だが稲村の『話したいこと』が、プロポーズだとは思ってもみなかった」

「プロポーズじゃないよ。わたしは綾野くんに言わせたくなかっただけ」

「いや、俺もプロポーズをするつもりはなかったが」

そこで稲村は、「えっ」と発して固まった。

「俺は稲村に、謝ろうとしてたんだ」

「じゃあ本当は、別れ話のほうだったの……？　でも結婚はオーケー……？」

稲村は青ざめたり首を傾げたり忙しい。

「俺は、ＥＮＧＡＷＡをやめようと思っている」

ようやく本題に入れた――そう思ったときだった。

「コミチィ！　どういうことだ！　吾輩はそんなこと認めんぞ！」

少しだけ開いた上げ下げ窓に頭をねじこみ、ワガハイが液体のようににゅるんと店に入ってくる。

それを皮切りに、にゅるにゅると猫たちがなだれこんできた。

「ひいいいい！」

いくら猫を求めている客でも、猫扱いに慣れた従業員でも、四方八方から押しだされるところてんのように猫が現れたら、逃げ惑わずにはいられない。

阿鼻叫喚の店内で、俺は四面楚歌ならぬ四面猫になる。

おそらく今日は、人生で一番頭を下げる日になるだろう。

3

河岸を変えざるを得ず、俺たちは猫を引き連れ江の島へ戻ってきた。

ネクタイをゆるめて縁側に座り、稲村が入れてくれたお茶を飲む。

だが、ほっと息はつけない。

庭に猫たちが雁首を並べ、俺に説明を求めている。

「ワガハイ。先に聞いておきたいんだが、ＥＮＧＡＷＡがなくなると、島の猫たちはなにか困ることがあるのか」

かたわらでむくれている同居猫に、小声で尋ねた。

「ENGAWAをエサ場として見ているものもいるし、猫集会の場として見ているものもいる。島に縄張り争いはなくなっても、縄張り意識は残っているのだ。群れない猫たちにとっては、気軽に顔を出せる場所は貴重である」

まったく意図していなかったが、俺は店を通じて猫たちにも小さなコミュニティを提供していたらしい。

「綾野くん。ワガハイだけじゃなくて、わたしにも説明してほしいんだけど」

稲村も少々不機嫌なようだ。

「わかった。先に結論を言っておく。猫と人がくつろげる移動カフェという、座組自体はなくならない」

がやがやと、猫たちがざわめく。

「俺が稲村に謝りたいのは、ENGAWAという名称を廃止するからだ。新しい名前は未定だが、それを決めるに至った俺の考えを聞いてほしい」

毎日店に立ちながら、俺はずっと観察していた。

客の多くは猫が目当てで、食事をしにきているわけではない。それは開業する前からわかっていたから、価格設定を工夫して利益は出せている。

しかしその結果、猫も食事もどっちも中途半端な店になっていると感じた。

「そうかな？　綾野くんのおにぎりをおいしいって言うお客さんは多いし、猫に囲まれてみんな満足してると思うよ」

リピーターも多いしと、稲村はフォローしてくれる。

「稲村を猫カフェに誘ったのは、その辺りが理由なんだ。猫が主役のカフェなら、食事に力を入れる必要はない。猫と食事の比率は九対一でもいい。しかしＥＮＧＡＷＡの場合は七対三くらいだ」

「それって、なにか問題かな」

「ＥＮＧＡＷＡは『猫とくつろぐ縁側』をコンセプトに謳っている。そこからお客さんが受け取るイメージは、猫を膝に抱いて撫でられるような店だろう」

つまりは多くの人が、猫カフェに持っているイメージだ。

「そっか。ＥＮＧＡＷＡはチューブみたいなエサの販売もしてないから、思ってたのと違うって人はいるかも」

こういう飲みこみの早さが、稲村の能力のひとつだと思う。

「俺は招き猫たちを保護しているわけではないのに、猫カフェのイメージのような働きを期待していた。『飲食での成功は難しい』という通説を受けて、フードのリスクを最小限にしたからだ」

「ふむふむ」

稲村があごに手を当て、考えをまとめている。

「少し高めのコーヒーが猫カフェの滞在料金だとしたら、やっていることはほとんど同じってことだよね。地代が安くすむから利益は出てるけど」

稲村の言う通りだ。現状で七対三の猫とフードの比率を九対一にしても、利益はあまり変わらないだろう。

「『猫とくつろぐ』というコンセプトが間違っていたとは、いまでも思わない。しかし失敗を恐れて俺が選択した経営は、単なる猫に対する搾取だ」

「それは違うぞ、コミチ」

丸まっていた体を起こし、ワガハイが訴える。

「我らは『人の手』として働くコミチに報いるべく、こうして店に集っているのだ。我らとコミチの関係は、いわゆる『うぃんうぃん』である」

最初は俺も、それでいいと思っていた。

けれどそれでは、俺が金のために猫の悩みを聞いていることになる。

「じゃあ綾野くんは、経営方針を変えるってこと？」

稲村の真剣な眼差しは、経営者たるシチリさんのそれと同じだった。

「そうなる。まずはコンセプトの『猫とくつろぐ』から、猫と触れあえるイメージをなくさなければならない」

「だから店名を変えたいってことなんだね」

「ああ。稲村には申しわけないが、『猫を眺める青空カフェ』くらいに、猫との距離感をわかりやすくする必要がある」

稲村が提案してくれた「ENGAWA」は、俺も気に入っている。

ただ俺が看板として掲げるにはまだ早かった。新しいスタイルの店なのだから、まずはどういうところかを知ってもらわなければならない。

「うん。店名は大事」

稲村は感傷的にならず、力強くうなずいてくれた。

「新しい名前、わたしも一緒に考えたいな」

「頼む。だが変えるのは、名前だけじゃない。猫に頼らないということは、フードに注力することになる。屋台のままでそれは難しい」

「いよいよ店舗を構えるってこと？」

「そのつもりだが、段階を踏んでいきたい。まずは移動カフェの二号店だ」

現時点でも、お客さんに割引券を渡して頭を下げることが多かった。

それはコンセプトを守るために必要なことだったが、常連客に不便を強いるという問題があった。それを解決するのが二店舗展開だ。

「お客さんのことを考えたら、いいアイデアだと思う。でも二号店ってことは、誰か人を雇うんだよね？　あてはあるの」

半日かかって、ようやく俺は今日の本題を口にする。

「稲村。俺の共同経営者になってほしい」

俺は板張りの床に正座して、稲村に頭を下げた。

「共同経営者って……」

「つまり稲村には、会社を辞めてほしい」

とんでもなく無茶を言っているのはわかっている。稲村はいまも会社に勤めて、借金を返すために働いている。移動カフェで得られる収入が、現在の給与を超えることはおそらくない。

「一度失敗をして、あらためてやり直しをする。俺と稲村にはその経験がある。だから新しいENGAWAを始めるなら、稲村と一緒がいい。今日はそれを伝えたくて、稲村を誘ったんだ。もちろん会社を辞めるのはすぐでなくていい」

俺はゆるめていたネクタイを、もう一度結び直した。

「コミチはすでに、稲村嬢の人生を背負う覚悟があったということか」

ワガハイが、あきれた顔で聞いてくる。

稲村のおかげで順番が逆になったが、いずれは俺から言うつもりだった。

とはいえ稲村と同じくいまは受け入れてもらえる自信がなく、今回はあくまでビジネスパートナーとして誘うつもりでいた。

「綾野くんは、わたしが仕事を辞めることを知ってたの？」

今度は俺が驚く番だった。

稲村はＥＮＧＡＷＡに関わるうちに、「カフェの店員さん」という子どもの頃からの夢を追いかけたくなったという。借金の返済も目途が立ち、病気の父も回復傾向が見られたことから、いまがそのときだと報告したかったそうだ。

「その夢を、俺と一緒に始めることはできないか」

「そんな夢のようなこと言わないで。甘えちゃう」

稲村が耳をふさぐ。

「悪いが甘やかす余裕はない。俺はいま、稲村を頼っているんだ」

しばらく耳をふさいだままじっとしていたが、やがて稲村は顔を上げた。

「……わかった。わたし素直になる。いい女になる」

言葉の意味はよくわからないが、肯定として受け取ってよさそうだ。

「でもひとつ教えて。綾野くん、なんで今日スーツなんか着てきたの」

「それはもちろん、ビジネスの誘いだからだ」

俺が答えると、稲村と猫たちが口をそろえた。

「まぎらわしい！」

なぜと首をひねるも、答えてくれるものは誰もいない。

「これってコミッチーも彼女も、お互いにプロポーズして、お互いに受け入れたってことだよね。なんか回りくどくて面倒くさいカップル」

モチの感想には、俺も同意せざるを得ない。

しかし猫と違って人間、それも一度袂を分かった奥手のふたりの場合、回りくどくて面倒くさくて当たり前だろう。

「とりあえずは、二号店であるな。その次は、いよいよ店を構える。やることは山のようにあるな、コミチ」

ワガハイが空を見上げながら、ふむと悟った顔になる。

「俺は欲張りだから、ぜんぶやりたいんだ。人に喜んでもらえる仕事も、猫に喜んでもらえる仕事も」

忙しくはなるだろうが、いままでやってきたことは続けていくつもりだ。

猫たちの「人の手」になることはもちろん、ときにはバイトもするだろう。

「江の島に越してきてからの綾野くんは、なんかかっこいいね」

本当に稲村は、こういうことを臆面もなく言うので困る。

「大半の期間は無職だったが」

「それも含めてかな。なにもしないって、わたしに言わせれば行動だよ」

いろいろと背負っていた稲村からすれば、俺は自由に見えただろう。

だが最近は稲村も、猫のような振る舞いを身につけつつあるように思う。

「稲村は、腹減ってないか」

「ぺこぺこだよ！　食事に誘われたはずなのに」

猫カフェでランチのつもりだったが、猫たちのせいで食べ損ねてしまった。

「いまから埋めあわせしよう。近場の店になるが」

「今日はもう疲れちゃった。綾野くん、おにぎり作ってよ」

俺もそんな気分だったものの、残りものでは誠意に欠ける。

せめて飯だけはと炊き始めたので、できあがったときには三時をすぎていた。

「いただきます」

稲村が両手で持った菜飯のおにぎりを、大きく口を開けて頬張る。

「おいしい……ごちそうの味がする」

「空腹だし、今日は特別に海苔も巻いたからな」

「うん。運動会のときにお母さんが作ってくれたおにぎりみたいに、海苔のしっとり具合と、塩加減が絶妙。これ新メニューにしようよ」

さすがに海苔を巻いただけで新メニューとしては売れないが、自分でもかなりうまいと感じた。のり弁に近い食感で、白米にもうまみが増している。

「原価計算を見直してみるかな。新メニューとしては、地鶏と鎌倉野菜の炊きこみごはんを研究している」

「それもおいしそう。わたしはドリンクも増やしたいな。女性客向けの」

稲村は共同経営者として、早速俺に欠けた視点を補ってくれた。

それからしばらくの間、新メニューや経営戦略、店舗を構えるならこの家をどう改築するかなど、ふたりで同じ夢を語りあった。

「道のりは遠いね。でもそれがうれしいと思っちゃう」

こんなにすっきりした笑顔の稲村を見たのは、久しぶりかもしれない。

「稲村、やっぱり出かけないか」

「え。もうおなかいっぱいだよ」

稲村がお茶を飲みながら、ふうと息を吐く。

「食事じゃない。江島神社に、祈願というか報告をしよう」

「それならば、吾輩も参るぞ」

俺たちに気を遣って黙っていてくれたであろうワガハイが、板の間に前足を突っ張ってのびをする。

俺はこれからもこの島で、猫に囲まれて暮らしていくだろう。

猫の力を少しだけ借り、人の手として恩を返す。

そういう商いをしていくつもりだから、今後も見守ってほしい。

そんな報告と同時に、あわよくば商売繁盛も頼みたかった。

「いまワガハイも、『行く』って言ったよね？　じゃあ、暗くなる前に」

稲村がワガハイを抱き上げて立ち上がる。

「驚いたな、コミチ」

「ああ。驚いたな、ワガハイ」

猫の気持ちが理解できるのは、別に「人の手」だけではない。

そんな感想を、お互いに目で語りあった。

🐾

吾輩は猫であるが、感心するばかりである。

耳かきの持ち手についている、白いふわふわは「梵天（ぼんてん）」。

大仏のつぶつぶとした丸い髪は、「螺髪（らほつ）」。

吾輩がタブレットで遊ぶ「白黒ひっくり返す」も、本当は「リバーシ」だそうだ。

人間という生き物は、世の大半に名前をつけている。

とんてんかんてんとコミチが二年がかりの日曜大工で家を改造したこの店も、世間では「古民家カフェ」と呼ぶらしい。

「古民家カフェ、『ENGAWA』。ようやく本日開店であるな」

吾輩は桜舞い散る庭に出て、勝手知ったる我が家を仰ぎ見た。

門構えはさして変わっていないが、庭には東屋などが増えている。

土間の台所はなくなって、代わりに椅子やテーブルが置かれていた。

居間も畳の上にちゃぶ台が並べられたが、縁側だけは昔のままだ。

コミチが「ENGAWAをやめる」と言ったあの日から、季節は三回ほど巡った。

稲村嬢を店長とする「猫を眺める青空カフェ」二号店までは早かったが、そこからはかなり時間がかかっている。

コミチが自分で店をりふぉーむすると言いだし、稲村嬢は他店に修業に出ると言いだし、ふたりとも自分のこだわりを貫いて、料理の研究にも余念がなかった。

もちろんコミチには、仕事以外に使命もある。

まあそちらは吾輩の活躍もあり、多くの猫たちの悩みを解決できた。

おかげで開店の今日は、島中の猫が庭に集っている。

「いくらオープン初日とはいえ、さすがに多すぎじゃないか」

縁側に出てきたコミチが、居並ぶ猫を見て閉口している。

「足りないくらいである。いるべき一匹がいないのだからな」

桜が咲く前の冬に、姐さんは世を去った。

最期は禅人少年とその父に抱かれ、笑って逝ったのを覚えている。

「いまごろは、うちのじいちゃんと楽しくやってるさ」

コミチも相応に悲しんではいたが、いまは死を前向きにとらえているようだ。

我らの寿命はどうしたって人間より短い。コミチが見送る猫は増えていく。

笑って見送れるようにならなければ、「人の手」なんぞ続けられない。

綾野のじいさんが「猫の言葉がわかる」と我らに覚らせなかったのは、そういう意味もあったのかもしれない。人の手もなかなかつらい役目である。

「この音……最初の客がきたかもしれないな」

がらがらという音とともに、門前に乳母車が現れた。

「お久しぶり、綾野さん。開店おめでとう。これ、みんなで食べて」

鵠沼女史である。亭主と思しき連れが差しだした紙袋には、犬と兼用ではない猫用のささみジャーキーが山盛りに入っていた。

「どうも、サティさん。オープンはまだなんですが、風咲がお子さんを見たがってたんで、よかったら中で待っていてください。モチもいますよ」

「あの子、私の顔なんて覚えてないいんじゃないかしら」

「そんなわけないでしょ」

クロケットと一緒に、モチが居間から顔を見せにきた。

「モチ、久しぶり。元気だった?」

女史がモチを抱き上げた。

「元気だけど、連絡くらいくれてもよかったんじゃない?」

などと言いつつも、モチは鵠沼女史に頭をこすりつけている。

「もう少しで、娘が保育園に入れるからね。そしたらまた店に出るからね」

「さっちゃんのことはどうでもいいから。それより赤ちゃんの顔を見せてよ」

鵠沼女史は察したのか、「私の娘」とモチを乳母車に近づけた。

「やだ、めちゃめちゃかわいい！」

女史の腕の中で、モチが悶える。

すると我が子の危機と臆したのか、亭主が娘を抱き上げ店に避難した。

「引っ掻いたりするわけないでしょ！　さっちゃん、あの男と離婚して！」

鵠沼女史が苦笑しつつ、亭主と娘を追って店に入る。

「去るものもあれば、くるものもある。ここはよい店になる気がするな」

「ああ」

コミチはうなずき、つむじとともに空を見上げていた。

「店長、オープンなのにあんまり手伝えなくてすいません。行ってきます！」

玄関側から庭に出てきたのは、黒の上下を着た極楽嬢であった。

「気にしなくていい。それよりも、就活に力を入れてくれ」

極楽嬢は、「おーぷにんぐすたっふ」というやつである。

本来ならば一日働くはずであったが、急遽面接の予定が入ったらしい。

「いやです。適当にやって落とされて、うちはこの店に永久就職します！」

極楽嬢はにやりと笑い、ばたばたと走っていった。

「まあ猫好きには天職であろう。極楽嬢なら本当にそうしかねんな」

吾輩はコミチに同意を求めたが、違う反応が返ってくる。

「ワガハイ。まだ少し時間がある。準備は万端だし、少し歩かないか」

開店を前にして、いろいろと思うところがあるのだろう。

「うむ。だが少しだぞ」

吾輩はコミチの前を行き、しばし歩いてから振り返って待つ。

一定の速度で歩く人間が追いついてきたら、猫はまた先を行く。

「江の島にきてから、いろいろ変わったな」

過去を顧(かえり)みているようで、コミチの口元には笑みが浮かんでいた。

「島に越してきたばかりの頃、コミチは無職だったしな。おまけに家からも出ず、毎日ひたすら大根を煮ているだけだった」

「年寄りは、どうにも同じ話をくり返すな」

「誰がおじいちゃんだ！」

吾輩はまだまだ若い。モチやミャイチとそう変わらぬ。

「まあ実際、当時の俺はワガハイの言う通りだった」

コミチは感慨深そうに、遠くの海を見つめている。

島の自然の中で心を癒やし、猫と関わり、人と関わることで、コミチは少しずつ前を向くようになった。己の失敗を省みるには、時間がかかるものである。

やがてコミチは稲村嬢と復縁し、自転車を漕いで商いを始め、ついには今日、一国一城の主となる。失敗を糧にできるのは、失敗を経験したものだけである。

「うむ。いまのコミチがあるのは、吾輩のおかげである。感謝するがいい」

「感謝してないと思ってるのか」

存外に素直な言葉が返ってきたので、吾輩は少々たじろいだ。

「伝わっておらん。コミチは口数が少なく、吾輩を猫かわいがりもしないからな」

「なんだよ。前まで抱くと怒ったじゃないか」

コミチが屈みこみ、吾輩を抱き上げた。

「人が変われば猫も変わる。コミチが変われば吾輩も変わるのである」

頭を撫でられ、喉を撫でられ、吾輩はたいへん満足である。

「ああ。だが変わらないものもある」

コミチが片手を頭上に伸ばすと、ただちにつむじがじゃれついた。

「つむじがまだ頭の上にいるってことは、俺の役目も続くってことだとな」

白い子猫が「にー」と鳴く。

「そうしてやがて、コミチも『綾野のじいさん』と呼ばれるのであろう」

その頃にコミチの相棒を務めているのは、もちろん吾輩ではあるまい。

だがなんとなく、その光景が目に浮かぶのが不思議である。

まあつむじを始め、猫はときどき世の理を超越するものだ。

未来の吾輩が小さくなって、コミチの頭に乗っていたとしてもおかしくはない。

「ワガハイ、そろそろ戻ろう」

思いのほか時間がたっていたため、駆け足気味に店に帰る。

すると中にはわんさと客がいて、多くは見知った顔だった。

「綾野、どこで油売ってんだ」

黒メガネの和田塚と、正の字の飼い主である時生氏。

「小路さん、おめでとうございます」

姐さんを看取ってくれた、禅人少年とその父。

シチリ嬢もクラベルを連れてきていたし、ミャイチを撫でているのは長谷氏だ。

かつて吾輩が世話になった、草見先生の子と孫もいる。

みなが猫を通じて、コミチと浅からぬ縁を持った人々だ。

「小路くん、遅い。早く手を貸して」

新たに設えた厨房で、稲村嬢が頬を膨らませている。

稲村嬢も島に越してきてから、やはりいくらか変わっていた。コミチを名前で呼ぶようになり、共同経営者になってからはちゃきちゃきと性格もたくましい。

本当は姓も綾野になっているのだが、吾輩はいまだ稲村嬢と呼んでしまう。まあ本人に聞こえているわけではないからよいだろう。

コミチが厨房に入ったので、吾輩は縁側へ移動した。

障子と窓で区切られたこの空間が、最近のお気に入りの場所である。

「さて。今日も日課に勤しもうぞ」

積まれた座布団の間からタブレットを引っ張りだし、しばし画面に集中する。

「ぼくはちゃんと、『風咲さん』って言ったほうがいいと思います」

ふいに耳元で声がして、吾輩は「ぬわっ」と叫んで振り返った。

「正の字、いつの間に」

「けっこう前からいましたよ。ワガハイさんが気づかなかっただけです。タブレットで日記を書いてると、夢中になっちゃいますもんね」

「なっ、なんで吾輩が日記を書いていることを知っている！」

「なんでって、いつも書いてますし。きっと草見先生みたいに小説を書くための練習なんだろうな、やっぱりワガハイさんはすごいな、って思ってました」

正の字の素直さでそれを言われると、さすがの吾輩も面はゆい。

「そんなたいそうなものではない。吾輩はただ書きたいから書いているのだ」

それはたぶん、コミチの使命と似ている。

コミチは猫の言葉を解する力を得た。

だがしかし、必ず猫を救わねばならないわけではない。

使命などと言っているが、コミチはそうしたいからしているのだ。

吾輩も文明の利器のおかげで、人のように文をつづる力を得た。

コミチの祖父が遺した日記のように、吾輩の文も将来「人の手」の役に立つ――。

そんなことを考えないわけでもないが、目下はコミチと同じで書きたいから書いているのである。

「ワガハイさんは、変わった猫ですね」

「俺に言わせれば、正太郎も十分変わっているけどな」

厨房にいたコミチが、吾輩の隠れ場所をのぞきにきた。

「店はどんな案配だ、ワガハイ」

「どうもこうもない。見ての通りである」

庭ではミャイチがぐるぐると走り回っている。

クラベルは優雅に店を徘徊し、若い雄たちの気を引いていた。

モチは鵠沼女史の赤ん坊を間近で見ようと飛び上がり、クロケットと女史の亭主があわあわとそれを止めている。

正の字は気を回し、吾輩のタブレットを座布団の隙間に押しこんでいた。

「店をオープンする前と、なにも変わってないな」

「うむ。人が変われば猫も変わるが、これだけは変わらぬ」

つまるところ、江の島は百年後も猫の島ということである。

この物語はフィクションです。
実在の人物、団体等とは一切関係がありません。
本作は、書き下ろしです。

鳩見すた先生へのファンレターの宛先

〒101-0003　東京都千代田区一ツ橋2-6-3　一ツ橋ビル2F
マイナビ出版　ファン文庫編集部
「鳩見すた先生」係

江ノ島は猫の島である
～猫を眺める青空カフェである～

2023年2月20日　初版第1刷発行

著　者　　鳩見すた
発行者　　角竹輝紀
編集　　山田香織（株式会社マイナビ出版）
発行所　　株式会社マイナビ出版
〒101-0003　東京都千代田区一ツ橋2丁目6番3号　一ツ橋ビル2F
TEL 0480-38-6872（注文専用ダイヤル）
TEL 03-3556-2731（販売部）
TEL 03-3556-2735（編集部）
URL https://book.mynavi.jp/

イラスト　　二ツ家あす
装　幀　　太田真央＋ベイブリッジ・スタジオ
フォーマット　　ベイブリッジ・スタジオ
ＤＴＰ　　富宗治
校　正　　株式会社鷗来堂
印刷・製本　　中央精版印刷株式会社

 ISBN978-4-8399-8162-4
Printed in Japan

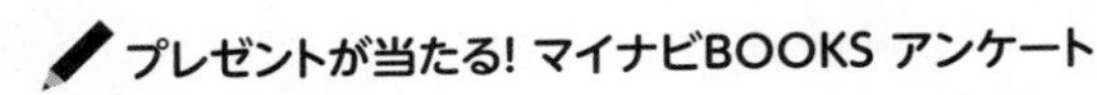

Fan
ファン文庫

江ノ島は猫の島である

著者／鳩見すた
イラスト／二ツ家あす

レッサーパンダの次は——猫!?
もふもふハートフルな物語

とある事情で会社を辞めた小路は、江の島の家に引っ越しをする。引っ越しから数日、庭にやってきた猫の声が突然聞こえるように!?